目次

イサムよりよろしく

HisasHi
InOue

井上ひさし

P+D
BOOKS
小学館

イサムよりよろしく

一

イサムはいつも身綺麗にしていた。

「衣服や身体は常に清潔に」これがイサムの信奉する唯一の処世訓であり、ただ一つの健康法だった。こざっぱりとした身なりさえしていれば、何処をうろついていようが、嶮しい眼付で睨みつけられる心配も、剣突を喰うおそれも、犬に吠えられる危険もなかった。ダンボール紙や古週刊誌などを拾いながら路肩を歩いていると、あっちこっちから、やあイサム、お茶を飲んでいかないかね、と声をかけられるのはしょっちゅうだが、これも身なりを清潔にしているせいだろう、とイサムは信じていた。たしかに、蚤や虱や南京虫を家中にばらまかれるのを覚悟で、乞食にお茶を振舞うほど勇気のある人間はそうやたらにいるわけがない。

長い間の経験から、清潔にしていれば体調がよく、不潔にしておくととかく寝込みがちであることを、イサムは知っていた。

イサムが仕事に出るとき、彼の肩の竹籠の底には必ず手拭と石鹸と汚れた下着が隠されていた。行く先々で露天の水道を見つけると、たとえそのすぐ傍に上物のダンボール紙の束が落ちていようが一向頓着なく、早速に下着を洗いはじめる。洗い終えた下着は竹籠の上にひろげ、それが落ちたりしないよう気を配りながらそろりそろりと歩き出す。銭湯の前を通りかかると、彼はしばしその前に足を留め、「今日はまだだったっけ?　いやもう入ったかな?」と思案する。どうにも思い出せないときは、籠の底に手を差し入れ、手拭に触ってみる。濡れていれば、どこかですでに入浴してきていることになるから、彼はそのまま銭湯の前を通り過ぎる。濡れていなければ「やっぱりまだだったっけ」と呟き、右手で湯銭を数えながら、左手で暖簾(のれん)をゆっくりかきわける——

イサムの住居は浅草六区映画街の中にあった。ぼくの働いていたストリップ小屋は、彼の住居の左隣りにあたり、彼の住居の右隣りは邦画専門封切館だった。——といういい方はすこしややっこしい。つまり、彼は、ストリップ小屋と映画館との間に、バラック小屋を建てて住んでいたわけだ。

外見は粗末なバラックだったが、中に入るとまるで違った感じを受けた。ストリップ小屋の小道具置場のように、華やかで安っぽく、乱雑で陽気で、同時に、幾分うら悲しい感じだった。それもそのはずで、イサムの部屋は、脚の欠けたきんきらきんの真鍮(しんちゆう)製ベッド、ピンク色の人絹枕、ベッドの横の破れ行燈(あんどん)、白塗りのテーブル、テーブルの上の電話機、壁にたてかけられている塗りのはげちょろけた長脇差、天井からぶら下げられている馬糞紙(ばふんし)製の貞操帯など、どれもこれもかつて幾度となくぼくらの小屋の舞台を飾って脚光を浴び、やがて故障し退役した小道具でかためられていたからだ。

なかでも、目を惹くのは何千冊もの週刊誌を横にびっしり積み上げて作った三方の壁。壁に要した週刊誌を集めるのにたっぷり半年はかかったらしいのだが、湿気と風とをよく防いでくれるので、苦労の仕甲斐があったと、イサムはぼくが訪ねるたびに自慢をした。

イサムの家の入口には、舞台用の格子戸が嵌め込んであった。この格子戸には、とんとんとんと、敷居のあたりを何回か足で蹴っとばしておかないと戸の滑らぬ悪癖があり、そのためにはやばやとイサムの家に払い下げられたのだった。

ぼくら進行係の部屋はこの格子戸と向い合っていた。だからぼくらは窓越しに、敷居をいくら蹴っても一向に戸の開かぬ格子戸に向ってぶつくさいっているイサムを、よく見ることがあった。

「……街では茶によばれ、うちの小屋からは次々に家財道具を払い下げてもらう……イサムはどうして六区の人たちにあんなに大事にされているんです?」

いつだったか、楽屋番のおばさんに、ぼくは訊ねたことがある。たしか、ストリップ小屋で働きはじめてまだ間もないころのことだ。このおばさんというのがそのころすでに六十代の半ば。しかし、それでもなお矍鑠として、午前十時から小屋の跳ねる午後九時過ぎまで、楽屋口の横に十八貫余りの巨軀を下していた。楽屋を訪れる者は蝶一匹といえど、おばさんのきびしい検問を受けることなしには、この入口は通れない。

「イサムが可愛がられるのは、決して人様にお金をねだらないからだよ」

おばさんはそのとき、こう答えてくれた。

「もちろん、イサムは清潔で、礼儀が正しくて、おとなしくて、酒を飲んで暴れたり決してしないから、それだけでも、みなさんに好かれる条件は揃っている。だけど、やはりイサムの値打は、金をねだらないところさ」

「……だけど、乞食が金をねだるのは当然でしょう?」

「当然なのにねだらないところがいいんじゃないの? イサムは大丈夫かな? ちっとも金を呉れといわないが、もしや困っているんじゃないだろうな? みなさん、心配なさって、イサムを探し廻ってまで、お金をくださる。皮肉なものでね、この浅草の同業者の中じゃ、金をほしがらないイサムが一番の金持だよ」

「つまり、商売上手なんだな」

「そうじゃないんだよ、進行さん。イサムは芯の芯から、お金が嫌いなのだよ。イサムはお金なんてものを爪の垢ほども信用してないのさ」

「どうしてイサムはお金を信用していないんです?」

「話すと長くなるんだけどね……」

その長い話を短くまとめると次のようになる。イサムが九州から東京へやって来たのは、なんでも、関東大震災の数日前だったそうだ。上京したその足で浅草へやって来て、十二階下の寄席(よせ)で下足番の見習をはじめたところへ大震災が起った。イサムは十二階の天辺(てっぺん)から落っこってきた下駄で頭を打たれ、それ以来、記憶はぼやけ、正気と狂気の境目あたりをあっちふらふら、こっちふらふらするようになった。それでも、そのころの彼は、お金が大切なものであることだけは知っていて、通行人に金をせびり、終戦直後、おばさんが自分の目で確かめたところでは、蜜柑箱にあふれるほどの金を貯めていた。

ところが、昭和二十一年二月の新円切りかえが、イサムの宝の山をただの紙屑の山に変えてしまった。新聞もとっていず、ラジオを聞く習慣もなかったイサムは「旧円と預貯金は封鎖。新円と旧円の交換期間はたったの六日間」という大事件が進行しているとは露知らず、蜜柑箱と添寝をしていたわけだ。

「あのときは本当に骨を折ったねえ。何度、いってきかせてもわかってくれないんだから。しまいには、『そんなことをいってお金を捨てさせるつもりだろ? それで、俺がお金を捨てたら、こっそり拾って使うつもりだろ?』なんていってわたしたちを疑ぐるんだよ」

おばさんはここでしばらく大笑いをし、そしてこうつけたした。

「……とにかくそれからだよ、イサムがお金を信用しなくなったのは。信用していないんだから欲しいとは思わない、欲しいと思わないんだから人様におねだりしようとは思わない……イサムの頭の中ではちゃんとこういうふうに筋道が立っているんだよ」

それまで、ぼくは心底からお金が嫌いです、などと考えている人間に逢ったことはなかったし、そんな人間が世の中にいるとも考えていなかった。世の中の人間はひとりのこらず、自分と同じようにお金ほしさにあくせく生きている拝金主義者であるはずだ、と勝手に決めていた。ぼくはこのイサムという筋金入りの排金主義者に、そのときにわかに興味を覚えた。

二

午前十一時半、ショウの添えもののドタバタ芝居の幕を上げると進行の仕事はすこし暇になる。ドタバタ芝居はショウとは比較にならぬほどキッカケが少なく、時折、役者の持つピストルの動きに合わせて引玉を引くか、間に一度か二度ある暗転の際、舞台の上のテーブルを引っこめて代りに布団を出して背景を入れかえたり、あるいは、布団を引っこめてテーブルを出して背景を入れかえたりすればたいていの事は足りた。帝劇の芝居とちがって馬が出るわけではなし、宝塚の芝居ともちがって大階段がせり上るわけでもなし、新国劇とちがってそうやたらに人が斬られるわけでもなし、浅草ドタバタ芝居の進行は楽なものだった。これ以上、楽なものは新劇しかあるまい。新劇の芝居は、幕を上げれば、あとは登場人物たちが最後までただおしゃべりしているだけだから、上演時間の大部分が進行係の自由時間となる。

ぼくはこの一回目の芝居の間に、進行部屋の電熱器で飯を炊き、来る途中で買った一枚五円のコロッケをおかずに食事を済ませることにしていたのだが、イサムが金というものをまったく信用していないという話を聞いてから十日ほどたったある日のこと、コロッケを齧(かじ)りながら、ふと、窓越しにイサムの家の中を見たぼくは、思わずあれ？となって箸をとめた。

金が嫌いなはずのイサムが、例の真鍮ベッドの上にちょこんと坐って、百円札の皺を丁寧に伸ばし、伸ばした札を、ベッドの上に並べていたのだ。イサムの膝の上には、まるめたり、こまかく畳んだり、あるいは捻(ひね)ったりした百円札が、かなりある。

なおも観察していると、百円札を一枚残らず平らに伸ばしたイサムは、束ねて二つに折り、すこし寸のつまった黒い背広の上衣の内がくしに、慎重に納め、さらに上衣の上からしばらく押えていた。

（なんだ、くだらない。楽屋番のおばさんの話もあてにならないな。あとで、今日のイサムがどんなにお金をありがたそうに扱っていたか、今の様子を教えてやろう）

しかし、なんとなく様子がおかしい。いつもジャンパーを常用としているイサムがなぜその日に限って背広を着込んでいるのか。見ているともっとおかしいことが起った。イサムは胸ポケットから角の摺(す)り切れた手帖をとりだし、ゆっくりめくりながら、頁(ページ)の一枚一枚になにか小声で語りかけているのだった。手帖は黒表紙でごくありふれたものである。

「イサムがとうとう一張羅(いっちょうら)の背広を着込んだわね」

入口に楽屋番のおばさんが立っていた。おばさんは手にした小皿をぼくに差し出して、

「漬物を持ってきてあげたよ。おたべ」

それから、彼女はうっとりした表情になって軽く伸びをし、窓に寄って空を眺め上げた。

「イサムが背広を着たんじゃゃ、もう春なのねぇ」

ぼくは漬物を受け取った。

「……でも、イサムが背広を着るとなぜ春なんですか?」

「イサムに好きな踊子ができたんだよ」

「だからめかしこんでいるってわけか」

「そう。どこかで春の気配がするとイサムはきまって、踊子のだれかを好きになる。イサムの黒背広がわたしたちにとって、春の予告なのさ。ラジオの気象予報よりはずっと確かだよ。なにしろ、ここ二十数年来そうなんだもの」

「二十数年来?」

「水族館が出来たころからずーっと」

「あの黒表紙の手帖にはどういう意味があるんです?」

黒背広の謎が解けたところで、ぼくは次の謎に移った。

「あれはイサムがこれまでに好きになった踊子たちの名簿だよ。左の頁には踊子のサイン。右の頁にはその踊子のキス・マーク。イサムは好きになった踊子から、そのふたつはかならず手に入れる。でも、結局のところ、イサムの手に入るのは、そのふたつぐらいなものさ。それ以上、はなしは進まない。乞食に恋をする踊子はいない。頭の中の造作はすこしずれているけど、イサムだってそのへんは心得てる」

「イサムは手帖に何をぶつくさいっているんだろう……？」

「ごめんなさいをいってるんだと思うよ。古い恋人たちに、新しい恋人が出来てしまった、すみません、といっているんだよ、多分……」

そういわれてみると、たしかに、イサムの様子には、女が出来ちまったんだと頭を搔きながら女房に詫びを入れている亭主族に似通ったところがあった。

「律儀な人だな」

「そこがまたイサムらしくていいわよ」

「ところで、おばさん、イサムはお金を大事そうに数えていましたよ、舌なめずりをしながらね。おばさんのはなしとだいぶ喰いちがってたみたいだった」

ぼくはすこし皮肉をこめた口調でいった。

すると、おばさんは「そんなことはないわよ」と軽く受け流し、「好きになった踊子に差入れでもするつもりなんだよ」といった。

「いくらお金を信用していなくとも、差入れを買うにはお金がなくっちゃね。それで、お金を数えていたんだろうね」

「いったい、イサムが好きになった踊子ってだれなんです？」

「それはまだわからない。イサムが、誰に電話をするかではっきりするわね。こうなったからには、あとは電話が問題よ」

電話がなぜ問題なのか、おばさんに訊こうとしたところで時間切れになった。そのとき舞台から、女主人公と主人公が、互いに相手の名前を、涙ながらに呼び合う声が聞えてきたからである。そのとき上演されていた演目は、女主人公である妻が、想像を絶する苦難と誘惑をはねのけ乗り越えながらも、想像を絶するいくつもの都合のよい偶然のおかげで、ついに目指す夫に巡り逢う「夫たずねて三百メートル」という芝居で、妻と夫が相手の名を呼び合う以上は、ふたりが予定通り邂逅したことはたしかだった。邂逅した以上は幕を下さねばならない。ぼくは箸と茶碗を放り出し、緞帳の綱元のある下手の袖へ走って行った。

そのあくる日、ぼくが進行部屋に出勤すると、窓の向うのイサムの家で、イサムが送話器に向って、唇を動かしているのが見えた。ぼくは進行部屋の窓をこっそり五センチほど開いた。進行部屋からイサムの家まで一メートルあるかないかだから、イサムの声がはっきりと聞えた。

「もしもし、もしもし……沖津かもめさんをお願いします」

沖津かもめといえば、ぼくらの小屋の専属踊子ではないか。すぐ近くの合羽橋のアパートから通ってきていた。イサムは彼女のアパートに電話しているらしい。

「……あ、沖津かもめさんですか？　呼び出したりしてすみません。おれ、イサムです。……おれ、沖津さんの踊り好きなんだなァ……」

沖津かもめは、ぼくにすこし遅れてこの小屋に出るようになった踊子だった。踊りは自己流でお世辞にも巧いとはいえなかった。躯もたいしたことはなかった。肉づきはいいのだが、その肉がすこし両肩と両股へ集まりすぎていた。そうなると胸や腹が貧弱に見える。ただ見事なのはその腰で、がっしりと据わっていた。顔付はまんまるで、田舎道のお地蔵さんに眉墨をひき口紅をつけさせたようだといえばわかりは早い。

沖津かもめがはじめて楽屋に入ってきたとき、たまたま舞台の袖にいた田村という老振付師は、ぼくにこういった。

「いまの踊子がどこで採れたか、わかるかい？」

ぼくには見当もつかなかった。そういうことは、西瓜の当り外れを見つけるよりもはるかに難しい。

「あれは農家の出だよ。きみたちも、あの娘の腕が太いのを見たろう？　肩も盛り上っていたな？　そして、腰が据わっていて両股が太い。手に鍬を持ち鋤を持ち、肩にもっこを担ぎ、地面にしゃがみ込むと、ああいう躯になる。ただ、農家といっても、山の中の農家ではない。海の見えるところにある農家の出だね。ひょっとしたら、半農半漁の村かもしれないよ」

「どうして、海の見える農村とわかるんですか」とぼくは訊ねた。「沖津かもめという芸名から見当をつけたのだよ」と老振付師は種明しをした。

「それでですね、沖津かもめさん、おれ、あんたに差し入れしたいんですけど……ええ、差し入れです。受け取ってくれるかなぁ」

しばらくイサムは黙り込んだ。ふんふん頷きながら、向うの声を聞いている。

「……わかってるんだよ、そんなことは。でも、おれ、沖津さんに差し入れしたいんだよ。金はあるよ、おれ。ちゃんと自分で稼いだ金だよ。だから……その金で買うんだから……お願いします……」

急にイサムの顔がぱっと輝いた。

「ありがと！　じゃあ、おれ、今日、楽屋へ行くよ。さよなら」

受話器を置きかけて、イサムはなにか思いつき、

「あ、沖津（おきツ）ちゃん！」

と叫んだ。差し入れを申し込むまでは「沖津さん」、それを受けてくれるとなると「沖津ちゃん」、イサムはきちんと順序を踏んでいる。

「沖津ちゃん、このあとまた布団にもぐり込んじゃ駄目ですよ。小屋へ出る支度をした方がいいですよ。御飯をうんとたべて、お化粧をちゃんとして……さよなら」

こまごま世話を焼いたところを見ると、すでにイサムは沖津かもめの恋人になった気でいるらしかった。イサムは静かに受話器を置いた。それから、イサムは格子戸を音高く閉めて表へ出て行った。

これでイサムの相手がわかった。さっそく、楽屋番のおばさんに教えてやろう。そう思って部屋を出かかったときぼくは、イサムの電話機が、うちの小屋の小道具だったことに気が付い

た。イサムには悪かったけれど、ぼくはイサムの家を格子戸の外から覗かせてもらった。

電話機のコードは天井の馬糞紙製の貞操帯にくくりつけられており、それっきりどこへも繋(つなが)ってはいない。コードの端は宙にただ垂れさがっているだけだった。考えてみればこれは当然のことだった、いくら電話局が親切でも、乞食のバラックに電話線を架設するほどまでは徹底しているはずはない。

楽屋口をくぐりながら、ぼくはおばさんにいった。

「イサムの相手はうちの沖津かもめさんだった……」

「知ってるよ。イサムの電話する声がわたしにも聞えたわ」

「しかし……電話はどこへも繋っていませんよ」

「無駄な穿鑿(せんさく)はおよし」

楽屋番のおばさんはそれまで聞いたこともないような嶮(けわ)しい口調で、ぼくの出鼻を叩いた。

「余計な世話というもんだよ。イサムが、繋っている、と信じているんなら、それでいいじゃないの」

それは、たしかにその通りだった。ぼくは小さくなって進行部屋に戻った。

その日の午後、イサムは楽屋口に沖津かもめを呼び出し、彼女に上質のちり紙をひと山差し入れた。

「あら、ありがとう」

沖津かもめは素直に受け取った。

「上等のちり紙だわ。これならお化粧落しとしても使えるわ」

イサムは緊張し切って、なんだかわけのわからないことばかり呟いている。

「……でも、ほんとうにいいの？」

「いいんです、うん、いいんだ」

イサムははじめて意味のわかる言葉を発した。

「もらってもらわないと困るんだよ。持って帰ったって、おれ、そんな上等なもン、使わないから……」

「お返しといっちゃ悪いけど、ケーキがあるわ。ちょっと待ってて、いま持ってくるから」

沖津かもめは、イサムが贈ったちり紙にショートケーキを一個のせて戻ってきた。

「はい、どうぞ」

「わ、わるいな……」

イサムはケーキを押し戴いた。拍子に額にクリームが付いた。

「そういうつもりじゃなかったんだがな……。ありがとう」

イサムは額のクリームを指で拭い、その指を舐めながら、バラックに戻った。

三

イサムはこの日以来、仕事に精を出すようになった。それまでは、朝と夕方の二回、紙屑拾いに出掛けて行くのが習慣だった。それが、午前と午後にもう一回ずつふえて、合せて四回も六区周辺を歩くようになった。楽屋番のおばさんのはなしでは、好きな踊子が出来ると、イサムはいつも、そうなのだという。

イサムはなにしろ六区に震災以来住みついているから、どこの小屋にもどんな映画館にも顔がきく。あらゆる興行場が木戸御免なのである。

だが、いったん、好きな踊子が出来たとなると、彼は彼女の出ている小屋へは決して無料では入場しない。きちんと木戸銭を払って入る。普段のイサムは、映画やお芝居やショウを、無聊(ぶりょう)を慰めるだけの、一種の時間つぶしだと考えていた。暇だから入場するだけなのだ。しかし、好きな踊子が出来たとなると、話は違ってくる。どうしても見たい。見たいものがあれば金は自前で出すべきだ。その方が一所懸命身を入れて見ることが出来るし、第一、それが礼儀というもの……イサムはこんなふうに考えているらしかった。そんなところにも、イサムの律儀なところがあらわれていた。

さらにもうひとつ理由がある。小屋や映画館が満員になると、いくら顔でも「またこんどにおしよ。イサムが一人出てくれれば、お客さんが一人入れるんだから」と外に摘み出されることがよくあった。むろん、暇つぶしで観ているのだから、摘み出されてもなんとも思わない。しかし、見たいものがあるときは、これでは困る。そこで、イサムは金を払って入場する。入場券の半券さえ持っていれば、好きな踊子が登場するたびに掛け声をかけようが、場内が超満員になろうが、案内係の娘たちに外へ摘み出されることはない。……こんなわけで、好きな踊子が出来るたびにイサムは差し入れを買う金と木戸代を稼ぐために仕事に精を出さざるを得なくなるのだった。

差し入れ品は、主として、上質品から下等品に至るちり紙鼻紙落し紙の類に限られていたけれども、紙を扱うというイサムの商売を思えば、これは当然といえるだろう。すこし稼ぎの上った日などは、洋食や中華料理を差し入れた。なにしろ、イサムは六区周辺のありとあらゆる食べもの屋に通暁していた。残りものや余り物ではあったが、すべての店の料理をすくなくとも一度は食べたことがあった。こと浅草に関する限り、イサムの舌は、それまで公けにされたどんな食べもの案内記事よりも正確だった。

そのイサムが差し入れさせるのだから、それらの料理の味は一級で、間違いはなかった。差し入れが度重なるにつれて、これは当り前のことだが、イサムと沖津かもめは親しくなっていった。沖津かもめは、楽屋番のおばさんやぼくら進行係の許しを得て、イサムに、自分の出番を舞台袖から見せるようになった。これはかなりの好意だったといえる。なにしろ、自分の親友か恋人ででもなければ、彼女たちはこんなことを許しはしないのだから。

イサムの方は、沖津かもめが踊りながら脱ぎ、袖に放りこんで行く衣裳を拾い集め、それをきちんと畳んでおくことで、彼女の好意に報いていた。

差し入れ人が、そのへんのキャバレーやパチンコ店の経営者であるとか、地廻りの幹部だとかであれば、たいてい、話はここいらから、一気に頂点めがけて駆け上る。彼等は踊子を外へ連れ出し、やさしく甘い話を持ちかけ、ついにある夜、彼女たちを己れの自由にし、すったもんだの騒ぎが始まる。

しかし、イサムと沖津かもめは気の合った友人同士という関係をずっと崩さなかった。イサムは差し入れし、沖津かもめの衣裳を拾い集めることで、現実の関係では満足していた。だから、ぼくは、その頃のある夜、次の芝居の台本のプリントを作っているとき、偶然、次のようなイサムの電話を聞き、すっかり驚いてしまった。イサムは電話の向うの沖津かもめに、こういっていた。

「かもめ、おれたち、小屋の人たちの間でも、いろいろ噂になっているようだよ。どうかな、このへんで、はなしをはっきりさせた方がいいんじゃないかな……」

ガリ版を切る手を休め、ひそかにイサムのバラックを窺うと、行燈の灯(イサムは行燈に蠟燭(ろうそく)をともし、明りとしていた)に背を向けたイサムが、勢いこんでしゃべっている。

「おれたち、一緒になろうよ。その方がいいよ。おれのためにもいいし、かもめのためにもいいと思うんだよ。そりゃ、おれの家はせまいし、当分は一緒に暮せないよな。でも、お互いに好き合ってんだからさ……いいだろう？」

電話の向う の沖津かもめは、イサムの申し込みを受け入れたようだった。イサムは、

「ほんとか、かもめ?! ありがとう！」

と叫び、狭いバラックの中を、受話器を持って、ぐるぐる歩き廻った。

「これから、おれ、すぐ、かもめのアパートへ行くよ。いや……行かない。行っちゃいけないんだな、おれは。かもめには明日も舞台があるからな。踊子は舞台を大切にしなくちゃな。よし、おれ、明日、書類を持って、かもめをたずねて行く。うン、書類って籍のことだよ。籍だけは明日入れようよ。手続きだけはきちんとしなくちゃ……じゃ、明日。好きだよ、かもめ」

イサムは受話器を置いた。しばらく、そのままの姿勢で電話を見つめていた。身体が瘧にかかったようにぶるぶる慄えはじめた。

「……書類だ。書類だ……。書類はどこだったっけ？ あ、そうだ、ここだったっけ」

イサムは黒い背広の胸ポケットから、黒表紙の手帖を引きだした。

（そうだったのか！）

ぼくは、そのときはじめて黒い手帖の意味を悟った。好きになった踊子のサインをもらうというのは、イサムにとっては、花嫁を自分の戸籍に入れることなのだ。そして、キス・マーク

をもらうことは、イサムにとって、その踊子と過す初夜の営みを意味しているのだろう。

あくる日、イサムは新品の毛布を小脇に抱え、舞台袖で出番を待つ沖津かもめの前に姿を現わした。

「……これまだ、新品じゃない？」

イサムの差し出した毛布を見て彼女がいった。

「高いんでしょ、これ？」

「受け取ってくれよ、沖津ちゃん。そうでないと、おれ、サイン貰いにくくなるから……」

「サイン……？」

イサムは黒い手帖を出した。鉛筆がはさんであった。

「……そ、それから、沖津ちゃんのキス・マークもたのむよ」

「わかったわ。お安い御用よ」

沖津かもめは、自分の顔とよく似た丸い字で手帖に名前を記した。イサムは厳粛な面持で彼女の手許を見ていた。次に彼女は手帖に唇を近づけた。イサムは、そのとき、うっとりと目を閉じていた。

それからのイサムは午前十一時と午後九時半の一日二回、定期的に、電話の向うの沖津かもめとさまざまな会話を交しあった。

ぼくはその全部を聞いていたわけではないが、朝の会話は「かもめ、そろそろ起きないと小屋の入りに遅れるよ」で始まり、夜の会話は「さびしいだろう、かもめ。でも、おれ、今夜も、そっちへ行けないんだな。おれの仕事、朝が早いからね」で始まるのが常で、朝は「じゃ、今日もちゃんと踊るんだよ。かもめがいい加減に踊っていると、おれが恥かくことになるんだから」で終り、夜は「……おたがいに淋しいけどな、浮気するのはよそうよな。じゃあ、怖い夢をみるんじゃないよ。怖い夢ってほんとうに厭なもんだからな。おやすみ、かもめ」で終るのがきまりだった。

「いったいイサムはいつまで続けるつもりなんだろう？　いままでの例だと、この後はどうなるんです？」

ぼくの質問に、楽屋番のおばさんはこう答えた。

「それは、沖津さん次第だね」

「というと……？」

「沖津さんが今のままで、ひとりでアパートに住んで、浮いた噂も結婚話もなく暮して行けば、ずーっと続くわね。けれども、踊子だって生身だよ。男も出来れば、結婚もする。そのときでおしまい」

「イサムはおとなしく諦めますか？」

「そりゃあ諦めるさ。だけど辛そうだよ。見ていてつらくなるほどでねぇ」

「……そして、やがて、また春がやってくるってわけか」

「そういうことだねぇ」

ぼくはそのとき、こう思ったものだ。いや、むしろ祈ったといった方がいいかもしれない。

（……この先、何カ月、この小屋で働くことになるかは知らないが、その間だけでも、沖津かもめは今のままでいてほしい）

だが、沖津かもめの許に、あの男からの最初の贈物が舞い込んだのは、このすぐ一時間後のことだった。まったく世の中に祈りぐらい当てにならぬものはない。

「進行さん、これ、どうしようか？」

楽屋のおばさんは、籠入りのバナナを抱え、舞台袖のぼくのところへやってきた。

「沖津さんに差し入れだよ。もちろん、差し入れたのはイサムじゃないのよ」

「イサムじゃないのはわかってますよ。……でもだれからだろう？」

籠を改めて見ると、バナナを覆ったセロハン紙の上に、「沖津かもめ様へ。一ファンより」と書いた紙が貼ってあった。

「届けに来たのは国際劇場向いの果物屋の店員だよ。わたしが、どなたに頼まれたんだね、と訊いても答えてくれないのさ。それは口止めされてます、なんていって帰っちまった」

「イサムが知ったら焼餅（やきもち）を妬くだろうな」

「いっそ、沖津さんに渡すのはやめちゃおうかね。進行さんとわたしで分けようか？」

まさかそこまですることはないでしょう、とぼくはいった。すると、おばさんは手を振って、

「いやいや、今のは冗談よ。だけど、そうする勇気があったら、そうしたいね」

それはぼくも同感だった。ぼくはバナナ籠を沖津かもめの楽屋へ届けた。彼女は無邪気に「まあ、嬉しい！」といいながら、バナナ籠を抱きしめた。

この新手の差し入れ主は、その後も姿を現わさなかった。楽屋口へ差し入れを届けにくるのはいつも使いの者で、口止め料が効いているのか、まったく口が固かった。贈物は週に二回のペースでやってきた。回が重なるにつれて謎の人物からの贈物は、本物の黄楊の櫛、舶来石鹸、かん詰めセット、浅草一流の洋裁店の仕立て賃既払いの夏服生地とすこしずつ金額と形量が嵩ばっていった。そしてついに一カ月後には人間がひとり差し入れされてきたのだ。つまり、舞台衣裳屋が沖津かもめを訪れて「さる人からあなたのために舞台衣裳を作るよう、頼まれて参上いたしました」といったわけだ。

最初の贈物に付けられていた「一ファンより」の六字もまた、金額と形量が嵩ばって行くのに同調し「熱心な一ファンより」「あなたに憧れる熱心な一ファンより」「夜も眠れぬほどあなたに憧れる熱心な一ファンより」「食事も喉を通らず夜も眠れぬほどあなたに憧れる熱心な一ファンより」「仕事にも手がつかず食事も喉を通らず夜も眠れぬほどあなたに憧れる熱心な一ファンより」……という具合にすこしずつその語数をふやしていった。

こうなると、沖津かもめも無邪気に喜んでいられなくなったらしく「なんだかすこし気味が

悪くなってきたわ」といいだした。

この謎の人物の正体をつきとめる糸口を作ったのは、皮肉なことにイサムだった。

ある初夏の夜、イサムが右手に千円札をひらひらさせながらバラックへ戻ってくるのを見て、楽屋番のおばさんが「あら、どうしたんだね、そんな大金を」と聞いたのがまずはじまり。イサムは答えた。

「おれの隣りに坐っていたお客に貰ったんだよぉ。おれが、沖津ちゃんのソロに、声をかけてたらな、隣の客がおれに、うまいぞ、もっとやれ、うんとやったら千円やる、っていうんだよ。おれはね、掛け声ってもんはそうやたらにかけるもんじゃない、かけ時っていうのがある、うんとやれといわれても困るといったらな、そのお客が、かけ時はまかせるからっていうんだよな、それでおれはさ……」

おばさんはぴんときた。イサムに千円も出して声をかけさせるのは、あの男しかいない。

「お待ちよ、イサム。そのお客はまだショウを見てるのかい?」

「ああ、たぶんな」

「イサムはどこに坐って見てたんだね?」

「二階の一番前の一番はじっこ」

「上手のかね、それとも下手のかね」

「……うーん、上手だな」

すぐおばさんはぼくのところへ飛んできて、右の会話(やりとり)を大急ぎで再現して見せた。ぼくもおばさんと同じくぴんときた。

見ると、上手二階の最前列の端から二番目に、二十七、八歳ぐらいの男が坐っていた。ジャンパーにズボン。そして、桐の下駄。

「下駄ばきか。この近くに住んでいるのかも知れないな」

「どうしようか?」

「もしもあの男が最後まで見ていてくれたらいいけどね」とぼくはおばさんにいった。「そしたら、彼を尾行(つけ)てみるよ」

男は最後までショウを見ていた。フィナーレの幕切れに、踊子全員が勢揃いしてポーズをとると、男の目は沖津かもめにだけ集中し、他の踊子には一瞥(いちべつ)もくれなかった。

幕を下ろすとすぐ、ぼくは、草履(ぞうり)ばきのまま、楽屋口をとびだした。

「しっかりたのむわよ、進行さん」

おばさんがぼくの背中に声援を送ってくれた。

「夜中になろうが、夜が明けようが、わたしは、進行さんの帰るのを待っているよ」

ところが、驚いたことに、男は小屋の向いの邦画封切館のウィンドゥを眺めながら、一向に動く気配を見せなかった。ウィンドゥのガラスをただ睨んでいるだけだった。ぼくは男を仔細に観察した。地廻りのチンピラなどではないようだった。連中はたいてい複数でやってくるからすぐわかる。勤め人とも思えなかった。男の年齢の勤め人に、あんな豪勢な差し入れは無理であろう。とすると、やはり六区近辺の商店の若主人といったところかもしれないな……そんなことを考えていると、表に沖津かもめが現われた。彼女は国際通りを横切り合羽橋のアパートへ歩いて行く。男は彼女のあとをついて行く。ぼくは沖津かもめを尾行する男を尾行していった。

(こんな調子じゃ、ひょっとしたら、尾行する男を尾行しているぼくにもだれか尾行がついているかも知れないぞ)

ふとそんなことが脳裏をかすめた。念のため後を振りかえり確かめてみた。別にだれもついて来ないようだった。ぼくはすこし安心してふたりの後をつけて行った。

合羽橋の角で彼女は左に折れた。折れながら、彼女はこっちを見た。そして、目ざとく、ぼくを見つけた。

「あら、進行さんじゃない?」

彼女はぼくを手招きした。今更、まわれ右をするわけにも行かずぼくは男を追い越し、彼女のほうへ歩み寄った。

「どこへ行くの?」

「……ただ、その、ぶらぶらと……」

「よかった。アパートまでわたしについて来てよ」

「どうかしたんですか？」

すると、彼女はまごまごしている男を指して叫んだ。

「あの男が、わたしの後をついてくるのよ」

ぼくは返答に窮した。

「ここんところ、二、三回、尾行られてるの。いやらしい……」

仕方がないので、ぼくは彼女にいった。

「いやらしいどころか、あの人が例の謎の差し入れ人かも知れないんですよ」

「まさか……」

「その可能性は充分にあります」

「あなたがたのいってることは、半分正しく半分間違いです」

男は覚悟を決めたらしく勢いよく近づいてきた。

「……差し入れしていたのは私です」

やっぱり！　ぼくとおばさんの勘は当っていたのだ。

「けれども、尾行てたんじゃありませんよ。どうせ帰り道は同じ方角なんだから憧れの沖津さんのあとについて歩こう、そう考えて、そうしているだけです」

「同じ方角っておっしゃると……どちら？」

「沖津さんと同じように、この角を左に折れます。沖津さんのアパートの前を通り越して真っすぐに行くと菊屋橋です。私の家は菊屋橋で仏具屋をやってましてね……」

男はジャンパーのポケットから、名刺を出した。

「……どうぞよろしく」

名刺にはこう印刷してあった。

「株式会社・西村仏具総本店　西村信男」

西村信男の右肩には、やや小ぶりな活字が並んでいる。街灯に寄ってよく見ると、それは専務取締役と読めた。

「素敵な贈物をいろいろとありがとう……お礼をいいたいんだけれど、アパートへいらっしゃいませんか？　いけませんか？」

「いけないどころか、大感激です」

西村は沖津かもめの後について歩いて行った。ぼくはすぐ、小屋に戻って、楽屋番のおばさんに一部始終を報告した。おばさんはただ一言こう呟いた。

「専務取締役ねぇ、イサムはどうするのかねぇ」

舞台の片付けをすませ、帰り支度をするために、進行部屋に入ると、イサムの声が聞えてきた。

「……かもめ、戸締りはちゃんとしなくちゃいけないな、これからは覗きが多くなるからね。おれ、今夜もそっちへ行けなくなっちゃってな。……かもめが淋しいのはわかっているんだよ、おれだって辛いんだなァ。けど、おれ、朝が早いから、やっぱり、こっちで寝ることにする。

うん、仕事は大事にしないとな。かもめもおれも、怖い夢を見ないで眠れるといいな。怖い夢はいちばんいやだな。……おやすみ、かもめ」

考えてみれば、ぼくが沖津かもめを西村に引き合せたようなものだった。すくなくともその時期を早めたことはたしかだった。ぼくはそれを後めたく思いながら、進行部屋の灯りを消した。

四

それからの一ヵ月は、沖津かもめと西村にとってはこの上なく仕合せな一ヵ月であり、イサムにとってはそれより下はないほどの不幸な一ヵ月だった。

西村はほとんど毎日のように楽屋へやってきた。そういう客はたいてい煩(うるさ)がられるものだが、彼の場合は、目立った歓迎こそ受けなかったけれども、楽屋内から好感をもって迎えられていた。それは半分は彼の腰の低さにあり、別の半分は彼のぶら下げてくる手土産にあった。おこしだとか今川焼だとかシューマイだとか、値の張らないものを、彼は買ってきた。くれる方にとって値が張らないということは、もらう方にとっては負担を覚えずにすむということだった。しかも、彼は買って来たものを、幼稚園の先生が園児に向ってよくやるような「はい、これはなになにさんの分」「こっちはだれそれさんの分」式の配り方をしなかった。楽屋口を潜るとすぐおばさんに渡してしまうのだった。

「……これ、例によってつまらないものですが、みなさんでどうぞ」

じつにすまなそうな出しかたをするのだった。

沖津かもめの衣裳を拾う役は西村がつとめるようになったが、彼は自分からその役を買って出たことは一度だってない。かもめが踊っているとき、舞台袖で待機している次の景の踊子たちが西村に「ネズミがくわえて行くといけないわ。ひろってあげなさいよ」などと強制するのである。西村が照れ臭そうに衣裳を拾い上げると、みんなは顔を見合せてにこにこした。舞台袖でイサムと西村がかち合ったことがある。ぼくらははらはらして見ていた。舞台から衣裳が飛んできたとき、ふたりは同時に手をのばした。そして、互いに相手が出した手に驚き、共に手をひっこめた。

「……まぁ、薄情ねぇ」

舞台から戻ったかもめは、衣裳が床の上に置いたままなのを見て西村をやさしく睨んだ。

この言葉でイサムはすべてを察したらしかった。イサムはその夜、電話の向うの沖津かもめにこういっていた。

「……泣くなよな、かもめ。淋しかったんだろうなぁ。だから、他へ目が行っちまったんだな。一緒になってから、一度もそっちへ行ってやったことがないんだもの、おれが悪いんだ……。気が変ったら、きっと電話をくれな。おれ、待ってる。じゃあな……」

イサムはだんだん仕事をしなくなっていった。バラックに閉じこもり、朝から晩まで、電話の前に坐っていた。そして、「おれが番号を廻しているときに、かもめがおれに電話をくれると困るな。線がつながんないもの。……でもおれ、やっぱり掛けたい……。でも……」と呟きながら、電話に手を伸ばしかけてはやめ、やめてはまた伸ばし、そればかり繰り返していた。

時たま、小屋や邦画封切館から、遠い電話のベルが聞えてくることがあった。そんなとき、イサムは素早く受話器をとった。

「イサムです!……やぁ、かもめか。どうした? 気が変ったか? まだ、わかんない?……そうか。……そうだろうな。……一生のことだものな。ゆっくり考えるんだ、ゆっくり……。元気でな。……じゃあ」

沖津かもめが、楽屋番のおばさんや親しくしている踊子たちに「昨夜、彼、求婚したわよ」と嬉しそうに打ち明けたのは、梅雨のはじめころのことだった。

「これでよし。イサムもこれで辛い想いをしないですむ」

おばさんは、このニュースをぼくに教えてくれた後、そういった。ぼくには意味がよくわからなかった。

「……いっそう辛くなるんじゃないかな」

「はっきりした方がいいんだよ。いつまでも蛇の生殺しじゃ、イサムがあんまりかわいそうというもんだよ」

おばさんは茶碗にお茶を注ぎ、楽屋口から顔を出して、イサムのバラックに声をかけた。

「イサム、居るかい？　居るんなら返事をおしよ」

返事のかわりに、イサムも向うから、顔を出した。

「お茶が入ってるよ」

小屋とバラックとは、いってみれば棟続きのようなものだった。イサムは頷いて、バラックから楽屋口へ軀を移した。

「無精ひげがだいぶ伸びているわよ。浅草一の綺麗好きで通っているイサムが、それでは困るねぇ……」

イサムは頭を掻きながら、

「……ちょっと、考えごとしたもんだからな」

「考えごとは軀の毒だよ」

「……わかってる」

「ところで、イサム。イサムは沖津さんて知ってるだろう？」

イサムは、心なしか、びくっとしたようだった。

「知らないはずはないよねぇ。イサムが贔屓にしている踊子さんだもの」

「知ってる」

「あの沖津さんが今度、結婚するんだよ」

イサムははじめておばさんの顔を正視した。

「イサムも喜んでおあげ。沖津さんが仕合せになるんだよ。わかるかい？」

イサムは茶碗を握ったままぶるぶる慄えだした。おばさんはそれには気づかぬふりをして、

「イサムはいってみれば、踊子さんたちの兄さんのようなものだからねぇ。うんと、喜んであげるんだよ」

イサムは、兄さんという言葉に、すこし救われたようだった。慄えがおさまった。そして、お茶の礼をいい、楽屋口からバラックへ戻って行った。

おばさんはイサムがバラックの中に入るのを見届け、大きな溜息をついた。

「ああ、これでようやくお役目がすんだよ」

「イサムはどうなるんですか？」

「いつもの例だと、立ち直るんだけどね。電話をひとつかければ……」

そのとき、バラックからイサムの声が聞えてきた。

「……やあ、かもめ。おれだ。イサムだよ。……そっちの考えは決まったか？……まだ？　そうか。おれはね、ずいぶん考えちゃったよ。朝、昼、晩、それから夜中もずうっとな。でね、おれ、こう決めたんだな。おれたちは別れたほうがいいと。すまないって、おまえがいうことはないんだよ。おれが悪いんだな。かもめを放ったらかしにしたのはおれだもの。かもめを仕合せにするのは、きっとおれじゃないんだな。いまの男のほうだな。だから、おれが決めた通

りにするほうがいいぞ。うん、これからは、兄貴と妹だな。おやじと娘でもいいな。……兄貴と妹との方がいい？　やっぱりな。おれもその方がいいな。困ったことが起きたら相談するんだな。じゃ、もう切るよ。仕合せにな」

最初のうちの暗く重い口調は、すこしずつ、明るくなっていった。そして、最後のひとことは、元のイサムの口調、沖津かもめを好きになる前の、単調だが無邪気なあの口調にほとんど戻っていた。

「よかった」

おばさんは胸を撫で下し、ぼくは肩が軽くなった。進行部屋に戻ったぼくは、真鍮ベッドの上でイサムが、油紙に黒い手帖を包み込んでいるのを見た。一枚では安心できないのか、イサムは二枚、三枚と、包んだ上からまた包み、更にその上からまた包みこんだ。

その手さばきは慎重で、ぼくには、それが沖津かもめの思い出の一切を油紙包みの中に封じこめる作業のような気がした。あるいは逆に、思い出を永久に保存しておくための作業だったかもしれない。

沖津かもめが小屋を辞めたのは、梅雨が明けたころのことだった。

小屋を引いてからも、かもめは時折小屋へ遊びにやって来た。いつも仕合せそうだったが、一度だけ冴えない顔をしていたことがある。

「なにか心配事があるんじゃないのかい？」

楽屋番のおばさんがいった。

「たいていの心配事は、口から外へ吐き出してしまえば消えてなくなるものだよ」

「あんまりひどい言われ方をされたもんだからつい……」

「なんていわれたの？」

「……昨日、信男さんの親戚の人たちに引き合わされたんです。わたしはいま、料理学校へ通っているんですけど、信男さんが、ちょうどいい機会だからとすすめてくれたので、腕だめしに酢豚を作りました。……わたし、酢豚がいちばん得意なの」

「ははぁ、失敗したんでしょ？」

「……そうなの。でも、見てくれはすごくよく出来たのよ。ピーマンは緑、たけのこはクリーム色、おねぎは白く、豚肉は焦茶色……それぞれの材料の色がとても鮮やかに出ていて、われながら、おいしそうだなと思ったぐらい……」

「たったひとつ、豚肉がよく揚がっていなかったのね。半生(はんなま)だったんでしょ」

「……どうして？　どうしてわかるの？」

「だれでも最初はやる失敗だからよ。それで……？」

「そしたら、信男さんのお姉さんが……この人はどっかの大学の先生の奥さんなんですけど、その人が、やっぱりストリッパーはストリッパーね、ストリッパーは裸でいるのがいちばんよくお似合いのようね、っていったんです」

「失礼な女だね。あんただって、夜になれば裸で亭主の横に滑りこむんじゃありませんか、とでもいってやればよかったのに」

「じつは……、わたし、おばさんがいま言ったようなことを、ついかーっとして……」

「ほんとうにいっちゃったの？」

「そうなの。表現はもっとやわらかだったけれど……」

「それでどうなったの？」

「しーんと白けちゃったわ」

「そりゃそうだろうねぇ」

「そして、信男さんがそのうちに、わたしを打ったんです」

「……それは、信男さんがあんたを好いている証拠だわね」

「そうかしら？」

「そうにきまってます。だって、考えてもごらんよ。いつまでも白けたままでいてみなさい。どんどん気まずくなるばかり、あんたは辛くなる一方……そうでしょ？」

かもめは小さく頷いた。

「信男さんはあんたを救ったのさ」

「だったらいいんだけど……でも、そういうところでこれからうまくやっていけるかしら？

わたし、口惜しいから、お式までに、お料理はもちろん、車、お花、お茶、片っぱしから習っちゃおうかと思っているのよ」

「およしよ、そんなことは。全部やってた日には、おばあさんになってしまうわよ」

「……それもそうね」

「かもめさん、あんたの踊りは自己流だったけど、六区でちゃんと立派に通用したじゃないの。なんでもかんでも、自己流でがんがんやっちゃいなさい。なにも女子大出の猿真似なんかすることはないね」

かもめはしばらく考えていたが、やがて大きく頷いた。

そのあくる日、前の日とは別人のような、晴ればれとした顔をしたかもめが、勢いよく楽屋口を潜って入ってきた。

「おばさん、わたし、自己流でがんがんやったわよ。まず、どうしても信男さんと仲直りしたかったから、今朝一番にお店へ行って、信男さんに謝ってきたわ」

「そりゃよかった」

「それから、信男さんのお姉さんの家を訪ね、彼女に謝りました。でも、お姉さんにも原因のあることだから、むこうにも謝らせました」

「上出来よ、かもめさん」

「でも、昨夜、信男さんのお店で妙なことがあったのよ」

「ちょうど夏場だから……お化けでも出たんでしょ。お店はなにしろ仏具店、おあつらえ向きだね」

「ちがうのよ」

かもめは楽屋口から顔を出し、イサムのバラックのほうを窺った。

「イサムは？」

「二日酔で寝ている筈だよ。イサムが飲みすぎて寝込むなんて年にせいぜい一度か二度……まったくどうしたっていうんだろうねえ」

「……イサムがねぇ、昨夜、酔っぱらって信男さんのお店へやってきたそうよ」

「なんか仕出かしたの？」

「そうじゃないのよ。店番をしていた信男さんにいきなり手をついて、こういったんですって。『沖津かもめをよろしく』って」

はははあ、とぼくは心の中で合点した。イサムは、昨日のかもめの話を、楽屋口の外で、立聞きしたにちがいない。

「イサムは、それから、土間に手をついて、『妹をよろしく』ともいったそうだわ。ほんとうに妙な話でしょう？」

「ちっとも妙じゃない」

おばさんの口調は断乎としていた。

「イサムはあんたが心配だったのよ。きっとそうに違いないんだから」

ふたりの結婚式は、十月はじめのよく晴れた日曜日に、上野の近くのホテルで行なわれた。小屋からは、支配人と楽屋番のおばさんが出席した。「とても綺麗な花嫁さんだったよ」とおばさんは、ぼくらに報告した。

「……新婚旅行はどこだろうな？」

楽屋口にしゃがんで、おばさんの報告を聞いていたイサムがたずねた。

「熱海かな。伊東かな？」

「方角がちがうよ、イサム。飯坂、蔵王、十和田湖、八戸、花巻、松島。豪華版の東北一周旅行……。かもめさんの故郷は八戸だそうだよ。だから、北へ行ったんだろうねぇ」

その夜、ぼくは次の週の芝居に使う小道具類をつけ出すために、遅くまで進行部屋に残っていた。仕事に飽きて、ふと、窓の外に目をやると、イサムが電話の前で、正座をしているのが見えた。やがてイサムはおもむろに受話器を取り上げ、ダイアルを数度廻した。

「もしもし……もしもし……、あ、もしもし、飯坂ホテルかな？　そう。じゃそこに西村信男さんの夫婦、泊ってるかな？　泊ってる？　そう。じゃ、呼んでくれるかな？　いま出てる？　お散歩？　こんなに遅いのにお散歩か。風邪引かないかな？　引かないと思う？　そう。じゃあ、いいよ。え？　ことづて？……そうだな。じゃあ、イサムよりよろしくっていってもらえるかな？　イサムよりよろしく、だ。うん、それでわかるからな。じゃあ、切る」

イサムは立ち上った。馬糞紙製貞操帯に引っかけてあったコードを外した。そして、コードで電話機をぐるぐると巻き固め、ベッドの下へ仕舞いこんだ。

それから、イサムはベッドの上に長々と横たわり、間もなく安らかな寝息をたてはじめた。

入歯の谷に灯ともす頃

一

浅草国際劇場裏の歯科医院から、レインコートの襟をかき合せながら初冬の寒風の中へ出てきた佐久間刑事は、歯科医院の向いの駐車場の塀に、衆議院議員の立候補者のポスターが貼り出されているのにふと気づき、

「そうだったな、今日から総選挙が始まったんだった……」

と呟いた。

「……となると、六区のヌード小屋を覗いて廻っておいたほうがよさそうだ」

今度は声を出して言ったが、その途端、佐久間は厭な顔になった。いま、歯科医に入れてもらったばかりの入歯の床が、声を発した拍子に、歯ぐきから外れそうな気がしたからである。

佐久間の妻が亡くなってから一年近く経つが、その一年間に、彼の奥歯は気味が悪いぐらい、ぼろぼろとよく抜け落ちた。奥さんの看病で無理が続いたからでしょう、と歯科医が言っていたが、あるいはそうかもしれない。

彼の妻の名は敏子といって、公園裏の桜鍋屋（けとばし）の末娘だった。そこの常連だった上司の口ききで、佐久間は昭和三十二年の春に敏子と見合いをし、その年の秋、警察寮に新世帯を持った。

敏子は病弱そうで控え目で、婚約中ただの一度も、二人でどこかへ出かけたいとねだったことがなかった。佐久間のほうも無愛想といえば無愛想な性格で、こっちからも外へ誘うことはしなかった。その点では似合いだったのかもしれない。いずれにしても、連れ立って外に出たのは一度あったかなかったか、あっても目と鼻の観音様へお詣りにという程度で、たいていは、土曜の夜、佐久間が桜鍋屋へやってきて、小一時間もかけて鍋を突っつき、敏子に銚子を一本お酌してもらい、ほんのり桜色になって引き揚げた。これが二人の逢いびきだった。

　世帯を持って一年も経たないうちに、敏子の胸部レントゲン写真に不吉な曇りが現われた。それから十三年間、敏子は、療養所の中症患者用の四人部屋と重症患者用の個室との間を十数回も往復し、一年前に、ふっと糸が切れるように死んだ。この間、佐久間は週に三回、洗濯物や果物や罐詰などを風呂敷に包み、片道で一時間半もかかる療養所へ出かけて行った。九時に署へ出るには、寮を六時前には発たなくてはならなかった。寮を出る彼の背中を、いつも、寮の奥さんたちが「たいへんですねえ」とねぎらったが、彼自身は別にたいへんだとも思っていなかった。顔なじみの看護婦たちの好意で、病室の窓ごしに妻の顔を眺め、汚れた下着を包んだ風呂敷包を受けとって帰り、そして、別に、週にもう一回、非番の日に面会に行き、ゆっくり妻の顔を眺める、それが彼の結婚生活だった。本当にたいへんだったのは妻が死ぬ直前のふた月で、このときは療養所に泊り込んだ。むろん妻には付添いのおばさんがついていてくれたが、彼はどうしても妻を放っておくことが出来なかったのだった。朝、療養所の廊下のベンチの上の寝袋の中で目を覚すたびに、彼は腰のあたり全体が一枚岩のように堅くなっているのに気づいた。堅くなっていたばかりでなく腰がとても痛かった。そして、妻が死ぬと同時に奥歯が抜けはじめてきたのである。

歯医者が言ったように、看病疲れがこの脱け歯の原因だったのは確かだろう。もうひとつ、やはり四十五歳という年齢(とし)のせいもあるかもしれない。……

……佐久間刑事はそんなことを考えながら、いまや自分の軀の一部となった入歯を嚙みしめ嚙みしめ、国際劇場の前の歩道橋を渡りはじめた。足の下から「……に清き一票を！　……をどうぞ国会に再度お送りください」というスピーカーの声が這いのぼってきた。

東映封切館の前の、身長五メートルはたっぷりありそうな鶴田浩二の大看板を見上げてから、佐久間刑事は右に折れて六区の大通りをゆっくりと歩きだした。

左手に、新しいビルが半分建ちかけている。完成したら場外馬券売場ができるというはなしだ。ビルはどうも浅草に馴染まないね、と刑事はまたぶつぶつ言った。口の中がなんだかからからに乾いているような気がする。入歯は唾液を粘着剤がわりにして歯茎とくっつくものらしい。するとそっちへ唾(つばき)を奪(と)られてしまったのだろうか。それにしても……、と刑事はまた乾いた口でひとりごとを言った。十四、五年前、このへんには、一皿十円の稲荷(いなり)ずし屋や肉入り卯乃花(おから)屋、一杯十円の牛うどん屋や肉の煮込み屋やじゃがいも汁屋、一皿二十円の焼そば屋などの屋台が百三十軒もひしめきあっていたものだった。あのころは、六区のこの通りもこう白っぼくはなかった。人間の頭で真黒だった。それが今はどうだ、人間など、数えるほどしか歩いていない。刑事は立ち止まって、六区の通りをはるか向うまで眺め、それから、否々でもするように首を振った。なぜ、こんなに浅草はさびれてしまったのか。「交通の便が悪い」「興行街がテレビに客をさらわれてしまった」「吉原がなくなった」など、さまざまな意見のあることを刑事は知っていた。しかし、刑事は別の考えを持っていた。浅草がさびれたのは世の中に食物がふんだんに出廻るようになったせいだ、と刑事は信じている。たしかに、刑事の知っている浅草の戦後の黄金時代は、食物と密接に結びついていた。浅草へ行けば一皿十円か二十円で一応腹いっぱいたべることができる、そのことが浅草を人で溢れさせていたのだ。腹がいっぱいになった人間が次に求めるのは女と娯楽だろう。つまり、吉原と興行街が浅草に寄りかかっていたのであって、浅草が吉原や興行街をあてにしていたわけではなかったのだ。

「だから、浅草がさびれるってことは、土地ッ子には残念なことだろうが、大きな見方をすれば悪いことじゃない」

刑事は東宝封切館横の六区の交番をチラリと覗きながら、自分に向って言った。

「むしろ、さびれるのは当然のことなのさ」

交番で股火鉢をしていた若い警官が、佐久間を認めて、慌てて起立しようとした。佐久間が交番に寄るのかと早合点したのだろう。佐久間は目顔で若い警官の起立を制しながら、すこし足を早めて交番の前を通りすぎた。

「……清き一毛、出せワレメ！　見せて安心はみんなの願い！　今日から始まった総選挙に対抗して当劇場がファンの皆様に提供する、明日の日本を駄目にする総ヌード！　お客さま、いまこそ決断と実行あるのみです、お早くお入りください」

向いのストリップ小屋の前で嗄れ声がした。

「源治のやつ、さっそくやっていやがる」

刑事は苦笑した。いま、嗄れ声を挙げている源治は、佐久間が九段の警察練習所を終了して浅草署の防犯課保安係を拝命した昭和二十二年頃は、唐辛子の卸屋をしていた。「卸屋」というと聞えはよいが、神田で仕入れた唐辛子を雑嚢に詰めて、ひょうたん池の周囲にぎっしりひしめき合っていた食物屋台や露店の、粗末な木机の上の唐辛子入れに、減っている分だけの唐辛子を補充して廻るのが仕事の卸屋だった。なにしろ、そういう店が当時は百何十とあったから、ひと廻りするうちに唐辛子は切れていた。そこで源治はいつも走っていた。怖しいほどの金になったらしいが、それもひょうたん池が埋め立てになる前までで、露店がなくなると同時に、ストリップ小屋の表方に職替えした。源治はもう走らない。小屋の前をゆっくり行ったり来たりしながら、声だけは昔のままの、唐辛子を舐めすぎたときのような嗄れ声を張り上げている。

「パチンコへ行くのかい、おじさん？　パチンコよりヌードを見てお行きよ。今日はパチンコ屋のチューリップより、小屋の踊子のワレメちゃんが開く日ですぜ」

源治は通りがかりの実直そうな中年の男を引きとめている。その隙に、佐久間は通りを大股で横切り、小屋の切符売場の窓口に五百円札を一枚放り込んだ。女性週刊誌に目を落したまま、売子が切符を滑らせて寄越した。刑事はレインコートの裾を翻してエレベーターに飛び乗り、③と記してあるボタンを押した。小屋は建物の三階にあるのだ。

エレベーターが動き出すと、佐久間は微かに頰をほころばせた。呼び込みの源治、切符の売子というふたつの関門を、顔を見られずに突破したことが彼を微笑ませたのである。

総選挙が始まると、決まってストリップ小屋が活気づく。選挙の前後は選挙違反の摘発で警察が忙しくなり、小屋まで手を廻す余裕のないことを支配人たちはよく知っているらしい。「今日はパチンコ屋のチューリップより小屋の踊子のワレメちゃんが開く日ですぜ」と源治に言わせたのも支配人だろう。

そのほか小屋の支配人たちは、学生運動の動向にも敏感だった。学生運動が新聞の紙面を賑わすようになると、彼等は安心して踊子に全開させる。警官が全部そっちへ動員されて小屋へは来ないと踏んでいるのである。交通事故の頻発する県の小屋主が大胆なのは同じ理由による。事故処理に警官の人手を取られ、その分防犯課員の数が少なくなっていることをちゃんと読んでいるのだ。千葉や神奈川などの交通事故頻発県のヌード劇場の露出度が軒並みに大きく、しかも大きくても安全だ、というのは小屋主たちの判断が正しいことを物語っていた。年に一度か二度、関東近県の防犯課保安係の集まりがあるが、千葉や神奈川の係員が「人手不足で、花電車とシロクロ以外は目をつぶるよりほか仕方がないのです」とこぼすのを、佐久間刑事は何度も耳にしたことがある。

佐久間刑事の所属する署でも、総選挙が始まったり、学生闘争の動きが活潑になったりしだすと、防犯課の保安係の数が通常の三分の一ぐらいに減った。源治が自分の舌に油を引いたのは、だから、正しいといえそうだった。

「こっちも好きで全開の踊子を捕(パク)っているんじゃない。ほどほどにやってくれれば見て見ぬふりをするんだが……」

レインコートの襟を立てながら刑事は呟く。エレベーターはのろのろと二階から三階への中間にさしかかっていた。

「稼ぎ時だと慌てるからいけない」

エレベーターがひと揺れして停まり、扉が開いた。刑事はゆっくりとエレベーターの箱を出て、切符もぎり場へ近づいた。ハンカチを出して、目脂(めやに)を拭うふりを装いながら切符を渡した。もぎりのおばさんは二十年来、一日も休まず切符をもぎり続けてきた古手だ。署の保安係の顔と氏名を暗(そら)んじている。顔を見られては、苦心して源治と切符売子の目をかすめた甲斐がない。

「あら、佐久間さん、切符なんか買うなんて水臭いじゃありませんか!」

おばさんが大声をあげた。

「顔なんか隠さずに、顔でお入んなさいよ」

刑事はハンカチの下で苦笑して、ハンカチを目から額へ押し上げ、汗を拭いた。

「わかるかね、やはり……」

「そりゃわかりますよ。旦那の額の毛の抜け方には特徴がありますもん」

おばさんは切符を刑事の方へ押し戻した。

「それに長年の勘。ぴーん！　とくるんですよ」

「おばさんを署に引き抜きたいぐらいだね。その凄い勘を役立てるためにさ」

刑事は自分で切符を裂き、半券をコートのポケットに滑り落し、おばさんの横を通り抜けた。

「今日はお客として入れてもらうよ」

「すみませんわねえ」

言いながら、おばさんがもぎり台のボタンを一回目は長く押し続け、それから、短く断続させて五回ほど押すのが、刑事の眼の端に写った。ブザーのボタンを押しているな、と刑事は思った。ブザーは舞台袖の進行係のところへつながっているはずだ。

おそらく、一回目の長い押しは「刑事来場！　注意を乞う！」という信号だろう。二回目からの短い五回の断続は「佐久間刑事だ」という暗号だろう。おばさんなら、それぐらいの細い芸当をやりかねない。同じ保安係でも癖がある。佐久間は保安係で一番甘いが、中には厳しい刑事もいる。佐久間の場合は、踊子がエプロンステージの最前端で尻を割り、性器を全開した場合、はじめて現行犯で逮捕する決心をする。だが、中には、舞台の奥で尻を割っただけでも

「現行犯だ！」と叫びながら楽屋へ突進する刑事もある。おばさんがブザーの鳴らし方によって、刑事の氏名までも進行係に知らせているのは、賢いやり方といってよいのだ。

佐久間刑事は舞台から見て、右側の、つまり下手側の前のほうへ行き、椅子には坐らずに壁に寄りかかりながら、舞台を眺めた。

舞台では踊子がふたり、ベッドの上で抱き合っている。いま流行のレスビアン・ショーとベッド・ショーの混血児（あいのこ）だった。

刑事は軽く舌打ちした。彼はレズ・ショーが嫌いなのである。なんとなく虫が好かないのだ。踊りを見せるストリッパーには技術や芸があった。

「一人前の踊手になるには三年もかかるのよ」

と、猥褻（わいせつ）の現行犯で捕まった踊子が、取調室でこぼしているのを、刑事は聞いたことがある。

「それが何さ、このごろは。見せりゃいいんだろうっていう女の子が幅をきかしちゃって。昨日までOLやってた娘（こ）が、レズって、あそこ見せるっていうだけで、あたしたちの三倍も取るんだよ。そりゃ、素人レズ連がいくら取ろうと知ったこっちゃないわ。でも、連中に煽（あお）られてあたしたちも見せなきゃ商売にならなくなってきたってのが困るのよ」

レズの踊子になるにはたしかに踊りの素養は要らない。ただ、相手と軀の弄（なぶ）りっこをしていればよいだけだからだ。

また、たいていツンパ一枚でのそのそと登場し、すぐ弄りっこを始めるから衣裳代がいらない。考えてみれば、たしかにこんな手軽な商売はなかった。踊りに年季を入れたストリッパーたちがぶつぶついうのも無理はないな、とそのとき、佐久間はストリッパーに同情したものである。

もうひとつ、彼に素人レズが嫌いな理由があった。素人レズたちには基礎訓練がないので、「見せていない状態」と「見せている状態」がはっきりしすぎる。彼にとって、これでは、取締り甲斐がないのである。客席のお客に競馬新聞を見ているのがいて、腹が立ったらありゃしない、と怒る素人レズがよく居るが、刑事にいわせれば、それは「見せていない状態」と「見せている状態」とのふたつの状態だけしか創り出せない未熟さがいけないのである。自分の未熟さを棚に上げて客に怒るとは何事か、と刑事は思う。むかしの踊子は「見せていない状態」と「そろそろ見させてあげるわねという状態」と「さあ見せてあげますという状態」と「じつはなにも見せてはいないが客に見たと思わせる状態」と、いくつもの状態を創りだす力があった。これが芸というものだったのだろう、と刑事は信じている。しかもよい踊子になると、刑事に対しても「お客にはたしかに見せているのに、刑事にだけはそうとは思わせない状態」を紡(つむ)ぎ出すことができるのだった。そこに生れるのは取締られる方と取締る方の虚々実々の駆け引きで、保安係の刑事が生き甲斐を感じるのはこんなときだった。あの踊子は、たしかにお客に出血サービスしているのに、しかしそれを現行犯で捕えるのはどうも大袈裟なような気がする、どうしても楽屋へ踏みこめない、こんな地団駄を佐久間に踏ませる踊子がむかしは大勢いたのだ。そのたびに、佐久間はスポット・ライトの中の好敵手に対して秘かな敬意を抱いたものである。そんな踊子はもう日本中のどこにもいなくなってしまったのだろうか。

舞台の上では、二人のレズ・ヌードが、時折、白い歯をちらちらさせながら、互いの乳房を愛撫し合っていた。白い歯が見えているのは二人とも照れているからだろう。やはり二人は素人レズらしい。

刑事はさり気なく客席に目を転じた。六分から七分の入りである。普段なら四分から五分どまりがせいぜいのところだから、よく入っていると言えるだろう。源治の呼び込みが効いたのと、選挙が始まったからきっとなにかいいことがあるはずだ、と考えてつめかけた通も多いのかもしれない。

刑事が寄りかかっている板壁の向うは進行係の詰所になっている。場内にはスピーカーから音楽が流れているが、板壁に耳をつけるようにすると、進行詰所の話が時折、洩れて聞えてきた。若い女のよく透る声が、

「刑事(デカ)が来ているんだって?」

と、誰かに訊いている。誰かというのはおそらく進行係だろう。進行係の声は洩れてこない。

「佐久間……?」

と、また、若い女の声がする。

刑事は苦笑した。今日は完全にもぎりのおばさんに敗れてしまった。数日後、おばさんが昼

食をとりに出て、だれかと交替したときにでも、巧く潜り込んでやろう。そう、思いながら、刑事は壁伝いに正面へ廻った。今日はやはりお客に徹しようと決心したらしい。というのは、下手際に陣取ったのは楽屋へ踏みこむときのための用意で、この小屋の楽屋への通路は下手の廊下とつながっていたから、楽屋へ少しでも早く踏みこむためには下手際にいる方が都合がよいのである。

中央後方に空席を見つけ、その席に刑事が腰を下したとき、レズ・ショーが終った。レズのヌードにも「刑事(デカ)公来たる」の報は伝わっているらしく、二人はお座なりに悶(もだ)え合っただけで、局部全開は抜きで引っ込んだ。

音楽が早いテンポのものに変った。下手袖から生きのいい掛け声をかけながら、踊子がひとり姿を現わした。客席後方の壁に突き刺さるような鋭く透る掛け声だった。ついさっき、進行詰所で「刑事(デカ)が来ているんだって?」と訊いていた声の主にちがいない。

刑事にはむろん踊りの素養などはない。だが二十年以上も、保安係刑事として、何百人もの踊子を見てきているから、目学問は出来ていた。刑事はその踊子が鮮やかに長い衣裳の裾を捌(さば)いてエプロンに出てくるのを眺めて、軽く唸った。小柄な女だった。まだ若い。おそらく二十歳になったかならないか、というところだろう。それにしては踊りが上手だった。もうひとつ、刑事の心を捉えたのは、その踊りの癖、その軀つき、そして、その顔の感じが、だれかに似ていることだった。

「……昭和三十一年ごろのメリー真珠かな。いやちがう。もっと前だ。R・テンプルか。……いや、テンプルでもない。テンプルはもっとくにゃくにゃした踊りだった。この踊子のはきびきびしている」

エプロンステージの上で踊りながら、その女は、客席に声をかけた。

「今日はサービスしますからね！」

エプロンのまわりの客席から歓声と拍手があがった。

「ただその前に――」

と、その女は大声で言った。

「女は見せたらすぐにはかくせない、サツが居ないか右左！」

交通標語をもじったくすぐりにまた客席がすこし湧いた。

「念には念を入れてもう一回！」

その女は小手をかざして客席の左右をまた確める真似をした。客席がまた一層湧いて、気の早い客が数人左右から移動し、エプロンの前の通路に蹲み込んだ。

たしかこの女は刑事が場内に居るのを知っているはずだった。なのに殊更に挑発じみたくすぐりを飛ばしたのはなぜだろう。単なるくすぐりだろうか、それともすべてを覚悟の上で全開しようというのか。佐久間刑事は坐り直した。

「照明さん！」

その女は正面やや上方へ声を放った。

「あたしの大事なところへばっちり照明を当ててね。興奮してずらしちゃだめよ」

正面やや上方からその女に当っていた桃色の光が、二、三度、頷くように上下に揺れた。

その女は、踊りながら長い衣裳を脱いで下手袖へ戻り、脱いだ衣裳を袖へ投げ込んだ。進行係のものらしい手が、その女に「戻ってこい！　引っこんでこい！」とでも言うようにおいでおいでをしていた。

もう間違いはない。その女は進行係のサインも無視し、刑事の前で全裸全開の危険を犯そうとしているのだ。佐久間刑事はその真意が摑めずただ呆れながら、ツンパ一枚のその女がエプロンに戻ってくるのを見ていた。

その女はエプロンの中央に蹲んで巧みにツンパを外し、そのツンパを右手に持って前を隠しエプロンの最前端へ進んだ。そして、直立不動の姿勢をとって、前を隠していたツンパを頭上高く掲げたのである。

上手下手の前方の客がドドドと床を鳴らしてエプロンの周囲に殺到した。佐久間刑事は思わず生唾を飲み込もうとした。だが口の中はからからに乾上っていて飲んだのは空唾だけだった。唾のないのは入歯のせいもあったが、その前にやはり、驚きのために唾が種切れしていたせいの方が大きい。

その女は立ったまま股を開いた。足をひろげるたびに、左右の斜め上方を可愛く睨んでいた乳頭が大地震のときの豆腐屋の店先のコンニャクのように震えていた。充分に股を開き終ると、その女は、仕切りに入る力士のように蹲みながら、ぐいと尻を割った。お盆ぐらいの大きさのピンスポットがその女の太股の付根を照しだした。その女の股間は満月の夜の黒い森といった雰囲気になった。充分に腰を割ると、彼女はゆっくりと空いている方の手を黒い森の中に差し入れ、読みかけの本の頁を指で開くように、黒い森を二つの黒い林に分けた。

千葉や神奈川などではいざ知らず、ここまでくると東京では公然猥褻罪である。佐久間刑事はのっそりと立ち上ると、下手の扉から廊下へ出た。

「……あの女が楽屋へ戻るまでは一、二分あるかも知れないな」

佐久間刑事は目の前の手洗の扉を押しながら呟き、手洗の鏡の前に立つと、大きなはっきりした声で、

「公然猥褻罪の現行犯で逮捕する」

と、言ってみた。奥歯を脱けたままにしていたころより、硬い声がした。

「よし」

佐久間刑事はひとりで頷いた。飴玉をしゃぶったまま喋っているような感じだが、声にそう変ったところはないようだった。

ポケットの中の手錠をたしかめながら、刑事は廊下から舞台裏へ通じるドアを押し開いた。

舞台の下手袖へ行くと、刑事とは四、五回顔を合せたことのある進行係の青年が首を傾げな

がら言った。

「刑事さん、どうもわけがわからないのですよ。誓って言いますが、ぼくたちの方からは『うんと脱げ』とも『がんばれ』とも『サービスしろ』ともいっていないんです。彼女から勝手に……」

刑事は進行係の肩を軽く叩いた。

「わかっているよ。そのへんのことは承知しているよ」

進行係はほっとして肩から力を抜いた。

「ところで、いま全開している踊子の名は？」

「チェリー星空というんです。一週間前から小屋の専属になった踊子ですが……」

佐久間刑事はここ二週間ほどストリップ小屋廻りをしていない。吉原のトルコ風呂あたりで覚醒剤が取引されているという密告が入って、そのことで手がいっぱいだったのだ。

「新人か。どうりで見なれない女だと思っていたよ」

灰皿があるのを見て、刑事はチェリーを出して咥えた。すかさず進行係がマッチを擦った。

「新人は新人ですがね、刑事さん、チェリーは大物になりますよ」

刑事は煙草の名とその女の名との偶然の暗合に、思わず煙と一緒に笑い声も吹き出して、

「わたしもそう思うよ」

と言った。

「おそらく半年もこの小屋には居つくまい。有楽町の日劇の五階あたりから引き抜きの手が伸びるだろうね」

「刑事さん、ひとつチェリーに教えてやってくださいよ」

「なにを、だね?」

「見せるだけが能じゃない、ということをですよ。チェリーは軀もいいし、顔も舞台映えがするし、なによりも踊りがいい。あそこを見せる方ではなしに、踊りを見せる方へ進むように言ってください」

刑事も進行係の意見には同感だった。刑事は大きく頷きながら灰皿で煙草をもみ消した。

「やってみよう」

客席から拍手の音がした。チェリー星空が全開を終って、引っ込んできた。

「チェリー星空だね」

生れたままの姿の前下部にツンパをあてがいながら袖に引っ込んできたチェリーに刑事は言った。

「公然猥褻罪現行犯で逮捕する。楽屋へ戻って早く服を着るんだね」

チェリーは赤ん坊のように無邪気に笑った。

「やっぱり?」

「やっぱりというところをみると覚悟はしていたみたいだな」

「まあね」

チェリーはツンパを穿きながら、刑事を下から見上げた。

「……刑事さんの名は佐久間さんでしょう?」

「それがどうかしたかね?」

チェリーはまた笑った。佐久間刑事はその笑顔を見て、たしかに誰かに似ているな、とまた思った。

「楽屋までついてきてくださる?」

「当然ついて行くよ」

チェリーは刑事の前を爪先立ちして弾むように薄暗い廊下を歩いて行く。白い尻が夜道を照らす提灯のように揺れていた。

二

署の取調室に入ってからもチェリーは陽気だった。

普通だと、刑事たちは「だれが全開しろと命じたのか」しつっこく聞く。命じているのは、もちろん、小屋の支配人だが、捕まった踊子たちは決してそれを言わない。「自発的にやりました」「見せたくなったので見せました」の一点張りなのだ。言ってくれれば、佐久間たちは支配人に灸を据えてやることができるのだが、踊子たちは後難を怖れて決して口を割らないのだ。後難というのは小屋から干されることである。その小屋ばかりではない。「あの踊子は口の締りがわるい」となるとどこの小屋でも使ってくれないのだった。そのかわり、口を割らなければ支配人あたりから御褒美が出るらしい。留置されている間の給料はむろんのこと、踊子の格や、留置日数に応じて、五万から三十万ぐらいまでの頑張り賃が出るという。佐久間刑事はそういうことを許すことが出来ないと思っている。誰も好きで全開しているわけではない。支配人から「がんばって下さい」と仄めかされ、「うんと脱いでください」と謎かけられ、「お客にサービスしてやってください」と暗に強制され、仕方なしに全開しているだけなのだ、彼はそう信じている。全開すれば客が押しかける。小屋側に金が入る。だが割を喰うのは踊子ばかり。これが彼には我慢できないのである。

むろん、佐久間刑事の考え方には、大きな欠陥があった。そもそもが猥褻罪などというものがある方がおかしいのである。だが、この考え方を刑事である彼に納得させるのは、一生かかっても不可能だろうと思われる。刑法一七五条がある限り、東京都の警察官である限り、彼は全開特出し女を逮捕しつづけるだろう。その枠の中で許される正義を、彼は全うしたいと考えているわけだった。それには全開特出しの元凶である支配人や小屋主を、そのことで儲けている連中を逮捕することだ、と彼は思い込んでいた。

「……しかし、きみの場合は、たしかに自発的な全開だった。おそらく支配人は絡んでいないだろう」

佐久間刑事はチェリーに煎茶の入った湯呑をすすめた。

「そこで、きみに訊きたいのだが、きみはわたしが場内に居ることを承知していながら、なぜ全開したのかね？」

佐久間刑事はそう訊きながら、自分も湯呑みの中の煎茶を一口啜り、

「どうしてわざと捕まるような真似をしたんだ？」

勢いよく机の上に湯呑みを置いた。この音にはたいていの踊子ならぴくりと軀を震わせるものだが、チェリーはけろっとして、別のことを訊き返してきた。

「刑事さん、奥さんは？」

「……いたよ」

佐久間刑事は思わず答えた。

「だが、去年、死んだ」

「お気の毒に。じゃ、いまおひとり？」

「そうさ」

「大変でしょう？」

「うむ……」

と、答えかけ、刑事は気がつき、拳で机をとんとひとつ敲いた。

「この部屋ではいったいどっちが刑事なのだ！　きみ、どうしてわざと捕まるようなことをしたのだ？」

チェリーはにやりと笑った。

「佐久間という刑事さんに捕まってみたかったのよ」

これには佐久間刑事のほうが驚いて、思わず入歯を吐き出しそうになった。

「捕まってみたかっただと？」

「つまり、逢ってみたかったの」

「署へ尋ねて来てくれればいつでも逢えるのに、どうしてこんなややっこしいことをする？」

チェリーは悪戯っぽく笑った。

「進行さんから、佐久間って刑事が来てる、ほどほどのところでやめておかないと、捕まるよ、って聞いたとき、じゃあ捕まれば逢えるな、って反射的に思いついたのね、それで全開したわけ」

佐久間刑事はすっかり頭が混乱して、時間を稼ぐためにチェリーの袋を引っぱり出した。だが、袋は空だった。

「……きみのような未来のある娘さんが思いつきで行動してはいけない」

佐久間刑事は中学校の校長みたいなことを低い声で言った。するとチェリーは、

「でも、思いつきばかりでもないのよ」

と言いながら取調室の中をゆっくりと見廻した。

「一度、こういう取調室ってところへ来てみたかったの。だってお母さんがよく言ってたのよ。佐久間って刑事さんと、取調室にいるときが、わたしの一番仕合せな時だったよ、って」

ちょうど湯呑みからお茶を口の中へ流し込んでいたところだったので、佐久間刑事はこんどは茶に噎（む）せた。

「なんだって?!」

「だから、お母さんは、こうやって佐久間刑事と差し向いでいるときが一番仕合せだった、とよく言っていたのよ。どういうふうに仕合せか娘のわたしも体験したくなっちゃったの」

佐久間刑事の頭の中を稲妻のようなものが駆け抜けた。

「そうだ！　きみのことをどこかで見たようだと思っていたが、とうとうわかった。きみは、あの漣（さざなみ）（しのぶ）の娘だね？」

「思い出した？」

チェリーは嬉しそうな顔で胸を抱いた。

「そうよ、漣しのぶの娘よ、わたし」

「そうか、そうだったのかね、ふんふんふん……」

佐久間刑事は何度も頷きながら立ち上ると、部屋の中をぐるぐる廻りはじめた。

「考えてみれば、きみはお母さんと顔も軀つきも踊りの癖も笑い顔も、何から何までよく似ている。なのに今の今まで気がつかなかったとは、わたしもすこしぼけてきたらしい」

漣しのぶが浅草で踊っていたのは、たしか、昭和二十九年から三十一年までの三年間だったな、と佐久間刑事は心の中の憶え帳をめくった。捕まってばかりいた踊子だった。仕事熱心な女だった。仕事に熱心だからこそ捕まってばかりいたのかもしれない。だがチェリーの底なしの明るさに較べると、ほんのすこし、漣しのぶの表情には陰りがあったような気がするが。

……

「で、しのぶさんは、お母さんは元気かね？」

佐久間刑事は何の気なしに訊いたのだが、この質問はチェリーには、大きな意味を持っていたらしく、彼女は机の端を指先でしきりに擦りはじめた。なにか考え込んでいるようでもあり、そのことをなるべくなら口に出したくないというような風情でもある。口先をすこしばかり尖がらせて、机の上の煙草の火の焦げ跡を見つめていた。

「チェリーくん、お母さんはどうしたのだね？」

チェリーは佐久間刑事を見て、ゆっくりと言った。

「……死にました」

佐久間刑事の足は床に釘付けになった。

「……まさか」

「去年の六月」

「病気は?」

「病気じゃないの、交通事故だったわ」

刑事は机に戻った。

「……いい女だったがねえ」

しばらくしてから、刑事がポツンと呟いた。チェリーの顔が急に輝いた。

「ほんと?」

「ほんとさ」

「どういうふうに〝いい女〟だったの?」

「よく気のつく人だったよ。たとえば、わたしがどんどんと机を敲いて問いつめるね。はずみでお茶がこぼれるだろう。そのこぼれたお茶をハンカチでそっと拭いてくれたりね」

刑事は、あたかもこの机がそうだったとでもいうように、机をやさしく撫でた。

「それから?」

「それから……、こんなことがあった。訊問中に、急に〝針と糸を貸してください〟なんて言い出すのさ。針と糸をどうするのかと訊くと、〝刑事さんのズボンのお尻のところの縫い目がほころびています、縫ってあげますわ〟なんて……」

「で、縫ってもらったの?」

「冗談じゃない!」

刑事は首を強く横に振った。

「こっちは刑事、きみのお母さんはいわば犯人、けじめというものがあるよ」

「というより、恥しがり屋の引っ込み思案なのね」

「かもしれない。……が、しかし、やはり、取調室でズボンを脱ぐのは拙いよ」

チェリーは、それもそうねと言って笑った。

「しかし、その夜、独身寮で、ズボンの綻びを縫いながら、やはり、きみのお母さんに縫ってもらえばよかったな、と……」

「思った？」

「まあね。きみのお母さんは留置場の看守にも人気があったよ。不平はなにひとつ言わない。バケツと雑巾を借りて、留置場の中を綺麗にする。きみのお母さんが入ってくると、留置場はまるで大掃除のあとのようにぴかぴかだったよ。他の踊子は点取虫だのと悪口をいっていたようだが、わたしはそうは思わなかったね」

「どう思ったの？」

「好きだったね」

言ってしまってから、佐久間刑事は真ッ赤になった。

「どうもいかん。きみのお母さんが亡くなったときいて、懐しいやら寂しいやらで、どうも喋りすぎてしまった。これでは取調べにならん」

「いいじゃないの」

今度はチェリーが湯呑みの底でとんと机を敲いた。

「お母さんに好きだと言った？」

「言えるわけはないよ」

「どうして？」

「踊子と保安係の刑事だよ。水と油だ、とても一緒になんかなれるものか。別にいえば、ネズミと猫だ、一生、追いかけっこだ」

「どうしてはじめからそう決めてかかったの？」

「わからん」

刑事は寂しそうにゆっくりと首を振った。

「とにかくそういう性格（たち）なんでね」

「お母さんが何度かデートに誘ったでしょう？」

「よく知ってるね」

「いつもいってたもの。お母さんは宝物みたいにして大事そうに話すのよ、刑事さんとの想い出ばなしを」

「申し込みはすべて断わった」

「水と油で、ネズミとネコだから？」

「そうだ。それにお母さんには当時、御亭主がいた」

チェリーははじめて暗い顔になった。

「このへんのちんぴらよ。酒は浴びるほど飲む、飲めば乱暴をする。乱暴に飽きるとぷいと外へ飛び出していって四日も五日も帰らない。帰ってくれば博奕(ばくち)に負けて山のような借金をこしらえてきて、小屋でギャラの前借をしてこいと喚く、金の都合が出来るとまた飲みはじめる。お母さんはその男が〝酒〟と言いだすたびに、ぞくっと鳥肌が立ったそうよ」

「そ、そんなに悪くは言ってはいけない。きみのお父さんでもあるんだろう?」

「いいえ!」

チェリーはきっぱりと言った。

「わたしはもう生れていたわ。父の田舎にいたの」

「すると、きみのお父さんは?」

「田舎の役場に勤めていたわ。いまでも多分そうでしょ。お母さんは姑に虐(いじ)め抜かれて東京へ逃げ出してきたのよ。お父さんは親の仰せごもっともって人だったらしいわ。お母さんを庇うことはしなかったのね」

佐久間刑事は深い溜息を洩らした。

「つくづく気の毒な女(ひと)だったんだねえ、あの漣しのぶさんは……」

「お母さんが浅草から姿を消したのは、そのちんぴらと切れたいが一心でなの。そして新小岩で屋台を始めた。わたしがお母さんと暮すようになったのはその頃よ」

佐久間刑事は頷いた。

「それでわかったよ、急に漣しのぶという名が浅草から消えたわけが。わたしはお母さんが踊りを嫌いになって、それで……」

「お母さんは踊りが命だったのよ。それもストリップの踊りがね。だから、自分に望みがなくなってからは、わたしに踊りを仕込んだ……」

その漣しのぶから誘われたとき、なぜ、自分はにべもなく断わってしまったのだろう、と佐久間刑事は悔んだ。逢って相談に乗ってやるだけでも彼女は救われた筈だ。またその相談から、彼女の事情でもわかれば手を貸してやれることもあっただろう。そして、更にそのことが自分と漣しのぶを結びつけることになったかもしれない。……そこまで考えてきて、佐久間刑事は、出来ることなら過去を呼び戻したい、と思った。そうしたら、相手が保安係刑事である自分と水と油の踊子であれなんであれ、どうですか、そのへんでお茶でも、と自分の方から誘うだろう。

ひょっとしたら、と刑事はまた思った。敏子とお見合いをしたのは、漣しのぶが浅草から姿を消して三月も経たぬうちだったが、そんなに早く見合い話に乗ったのは、漣しのぶのことがなかなか思い切れずにうだうだくよくよしている自分が怖くなったためではなかったか。

「どうしたの、刑事さん?」

急に黙り込んでしまった佐久間を見て、チェリーが声をかけた。

「なにを考えこんでいるのよ？」

「わたしはこの二十五年間、ずうっと私服の刑事だった」

佐久間刑事は懺悔聴聞僧に懺悔する罪人のような口調で言った。

「私服だから警察官の制服は着ない。しかし、やっぱり心に制服という窮屈袋を着ていたようだよ」

チェリーは、もう昔話はよしましょう、と言った。

「それよりも、わたし、これからどうなるの？」

「帰っていいよ」

「あら、捕まったらたいてい二日間は留置場に放り込まれるものだよって、お母さんがいってたけど？」

「きみは初めてだ。微罪だよ。これからは、わざと捕まりたい、などという莫迦な真似はよしなさい。そして、踊りに精を出すことだ」

「まさか、わたしが漣しのぶの娘だからというので無罪放免にしてくださるんじゃないでしょうね？」

チェリーの問いに佐久間が答えた。

「……じつはそうなんだ。こんなインチキをやるのは、刑事になって以来初めてだよ」

取調室の窓から、浅草寺の五重塔が見えた。幾千枚もの瓦が夕焼で赤く染っている。その五重塔と観音様の大屋根との間に初冬の夕陽が寒そうにすっぽり嵌っていた。おれの入歯もあの夕陽のようにうまく歯茎の谷に嵌ってくれればいいが、と佐久間は思いながら、舌で入歯を撫で廻していた。

三

四日ほど経ったある日、チェリーから電話がきた。チェリーは小屋の近くの喫茶店の名を告げて、十一時に、そこで逢いたい、と言った。

「なにか相談ごとかね?」

佐久間が訊くと、チェリーが受話器の向うで言った。

「そうじゃないの。刑事さんにお見せしたいものがあるのよ」

「なんだね、それは?」

チェリーは答えず、笑い声で佐久間の耳を擽(くすぐ)ってから受話器を切った。

佐久間がその喫茶店に入って行くと、もうチェリーは席に坐り古ぼけた小型のノートを膝の上にひろげて、コーヒーを啜っていた。佐久間の入ってきたのにも気が付かない。佐久間は上からノートを覗き込んだ。あまり上手とは言いかねる文字が、頁の端から溢れ出そうにびっしりと並んでいた。佐久間がウェイトレスにコーヒーを註文する声で、チェリーは、はじめて顔をあげた。

「ごめんなさい、気がつかなかったわ」

「なにを熱心に読んでいるのかね？」

チェリーはノートを閉じて、佐久間の目の前に表紙を掲げた。表紙には、

「忘れな草・漣しのぶ」

と、記してあった。

「お母さんの日記よ。ちょうど浅草で踊っていたころの……」

言いながらチェリーはノートを佐久間の手に押しつけた。

「三十分もあれば読めると思うわ」

「読んでどうする？」

「べつに……」

チェリーは運ばれてきた佐久間のコーヒーに砂糖を入れながら、

「ただ、刑事さんの感想を聞かせてもらえれば、お母さんもよろこぶだろうと思うの。そのノートには、ずいぶん刑事さんの名前が出てくるのよ」

「お母さんがどうやってよろこぶのかね？」

と、佐久間が言った。

「もう亡くなられた人がよろこぶはずないだろうが?」

「もちろん、墓の下でよ」

チェリーは伝票を摑んで立ち上った。

「草葉の蔭でよ」

佐久間は頷き、それから慌てて伝票を取り返そうとした。

「奢らせて。このあいだの無罪放免のお礼に」

レジの方へもう歩き出していたチェリーが言った。

「でもコーヒー一杯じゃ申し訳ないみたい」

佐久間は手を振って礼を言い、目をノートの上に戻した。表紙をしばらく眺めてから、佐久間は中を読みはじめた。

「一月八日。小屋へ着到するとすぐ、支配人に呼ばれて事務所へ行った。支配人は『今日あたり保安係刑事が廻って来そうだから、客に、出して見せてほしい』と言った。『刑事が来るというのに出せって変ですわ』と、わたしが訊くと、支配人は『だから余計いいのさ』と答えた。踊子が捕まれば小屋の評判が上って入りがよくなるんだ、と説明した。出して見せたら五千円、捕まったら二万円の礼金のほかに、留置期間中は一日につき、五千円あげるという。わたしは、いやです、と言った。支配人は『きみは前借はもう三十万にもなっている。この話を断わったらすぐにこの金を返してもらわなくちゃあね』と脅した。三十万は三ちゃんが博奕でこしらえた借金だ。わたしはとうとう頷いてしまった」

三ちゃんというのは例のちんぴらのことだろうか。佐久間はコーヒーの冷えるのも忘れて、先を読みついだ。

「一回目のショーで全裸になって蹲んで、見せた。二回目のショーのときも同じようにした。楽屋へ戻ったら刑事さんが待っていた。捕まるのは初めてなのでぶるぶる震えていると、刑事さんが『風邪をひくといけないから早く服を着なさい』といってくれた。ストリッパーは裸になるのが仕事だもの、裸でいて風邪を引くわけはないけれど、とてもうれしかった。あとでわかったのだけど、この刑事さんは佐久間という人。浅草署でもいちばん親切で優しい刑事さんだという」

自分の名前が出てきたので佐久間はひとりで照れ、照れかくしにコーヒーを飲み、ページを繰っていた。漣しのぶのノートで見るとそれから彼女は一年の間に五回も佐久間に捕まっていた。原因はいつも支配人の強制だった。最初の二回は二日間の勾留で帰されているが、三回目と四回目はさらに十日間の検事勾留、五回目はその上にまた十日間の勾留延長がつき、全部で二十二日間も留置場で暮している。おそらく、もう一回捕まれば、漣しのぶは起訴されていただろう。

ノートのおしまいごろになると、やたらに佐久間の名が出てくる。そしてノートは次のような文章で終っていた。

「……佐久間さんはとうとう来てくれなかった。電話で午後九時に上野駅まで来てくれるよう、あれほどお願いしたのに、四時間待っても佐久間さんは来なかった。これで五度目の頼みなのに一度もあの人は現われない。やはり、わたしが嫌いなのだわ。帰ったら、三ちゃんに明け方までくだをまかれ、殴られ、軀中があざだらけになった。これじゃ踊れない。なんとかしなくては……。この一年間、わたしが仕合せだったのは留置場の中だけだった。とりわけ取調室で、佐久間さんと向いあっているときがいちばん楽しかった。さよなら、取調室。あの部屋の中でしか、佐久間さんはわたしに口をきいてくれなかった」

佐久間は胸を突かれるような思いでノートを閉じた。入歯と歯茎の間にもぐりこんでいたコーヒーの苦みが、そのとき口の中にひろがった。

「どうだった?」

舞台化粧のチェリーが、そのとき、喫茶店に入ってきた。オーバーの裾から黄や青や赤の舞台衣裳がはみ出している。

「お母さんの日記、泣かせるでしょう?」

「ああ……」

佐久間は唸るように言って立ち上った。それから、ノートをチェリーに渡し、ゆっくりと喫茶店を出て行った。

また数日たった。

ある朝、署の机で佐久間がぼんやり煙草をふかしていると、電話が鳴った。

「佐久間刑事さん?」

受話器からチェリーの弾んだ声が飛び出してきた。

「今日、小屋へいらっしゃいよ」

「保安係の刑事が、踊子から小屋へ誘いを受けるなんぞ前代未聞だが、なにかあるのかね?」

「今日はチェリーピンクマンボを踊るわ。お母さんの得意だった曲よ」

そういえばそうだった。漣しのぶはこの曲でいつも全開した。曲によって、全開しやすいものと、そうでないものがあるのだろうか。

「覗いてみるよ」

と、佐久間はいった。

「気が向けば……だが」

「必ず来て!」

チェリーは受話器の向うから念押ししてきた。

「十二時半までは席に坐っていてね」

佐久間は、なんだか娘の駄々を聞いている父親のような気分になって思わず、行くよ、と言った。

十二時三十分ごろ、佐久間刑事は小屋の前に着いた。呼び込みの源治の姿が珍しく見えなかった。

源治のことが妙に気になって、佐久間は切符売場の売子に訊いた。

「源治さんはどうしたね?」

売子は顎を上に向けて振った。

「上ですわ。劇場にいます」

エレベーターが三階につくと、もぎり場のおばさんの姿もなかった。佐久間はこれまで何百回となくこの小屋に足を運んだが、もぎりのおばさんがもぎり場に立っていなかったというのはこれが最初だった。どうも様子が変だ。こわごわ、もぎり場をすり抜けて、正面の扉から場内に入った。

客席の入りは三分ぐらい。舞台ではちょうど、チェリーが踊っていた。曲はチェリーピンクマンボである。わざわざ、佐久間を呼びつけたぐらいだから、何か趣向でもあるのかと思い、佐久間はチェリーの踊りをじっと眺めていた。チェリーはごく当り前に踊っている。そして、ごく当り前に踊り終った。佐久間のすぐ横で拍手が起った。見ると、壁に寄りかかりながら、源治やもぎりのおばさんが手を叩いていた。売店のおばさんもいる。佐久間は拍手の方へ近づきながら、声をかけた。

「珍しい顔ぶれが揃っているんだな」

しーっと、もぎりのおばさんが口に人さし指を当て、それから殺した声で言った。

「こっちも珍しい顔ぶれだけど、これから舞台にも珍しい顔が登場するんですよ」

源治が嗄れ声でつけ加えた。

「十五年前に、この劇場で踊っていた踊子がね、カンバックするんですよ。カンバックといっても今日一日だけですがね」

「十五年前の踊子？　だれだね、それは？」

売店のおばさんが言った。

「漣ちゃんよ、刑事さん。刑事さんは漣ちゃんを専門に捕えていたじゃない？」

「すると……漣しのぶがカンバックするというんですか？」

三人は頷いた。

「ばかな！」

佐久間は吐きだすように言った。

「漣しのぶはもう死んでいるはずだ」

今度は三人の方がびっくりして佐久間を見た。そのとき、またチェリーピンクマンボがかかった。

思わず舞台へ目を移すと、下手袖から、ピンク色の羽根を植え付けた衣裳をつけて、小柄な踊子がひとり、照明の中にとびだしてきた。

その踊子を一目見て、佐久間は驚きのあまり入歯を飲みこんでしまいそうになった。肌はたるみ艶はなく、下腹のあたりに脂肪がつき、足もずいぶん太くなっているけれど、手の振り、足の運び、一瞬の静止の間に、チラッと客席に目を流す呼吸、それはまぎれもなく漣しのぶだった。佐久間は何度も目を擦って、舞台を見つめ直した。漣しのぶはエプロンステージへ踊りながら出てくると、羽根の衣裳を脱ぎはじめた。

声もなくただ口を大きく開いて漣しのぶを見つめている佐久間の横で、白粉の匂いがした。その方へ顔を廻すと、チェリーが立っていた。部屋着を羽織って、息をハァハァいわせている。引っこむと同時に、大急ぎで客席へやってきたのだろう。佐久間はチェリーに訊いた。

「チエ、チエ、チェリー、お母さんは生きているじゃないか！」

チェリーはちょろっと舌を出した。

「漣しのぶは交通事故で死んだんじゃなかったのか?!」

「ごめんなさい。でも、交通事故は本当よ」

チェリーが言った。

「幸い軽傷だったけど……」

「な、なぜ、あんな嘘をついた?」

「お母さんのために、刑事さんの本心を聞きたかったの。お母さんが死んだことにすれば本当の気持を話してくださると、とっさに思いついたのよ」

「思いつきばかりの多い女だ」

佐久間は舌打ちをした。

「普通に聞いてくれればいいじゃないか」

「そしたら話してはくれなかったと思うわ」

「そ、そんなことはない……」

佐久間は言い返したが、心のどこかでは、チェリーの言っていることは当っているかも知れない、という気もしていた。

「お母さんの日記をこっそり持ち出して刑事さんに見せたのは、もっとはっきりと刑事さんの気持をたしかめるためだったの。刑事さんはあのとき、涙を流しそうになっていたでしょう?」

佐久間は答えずに、エプロンの上の漣しのぶを見ていた。彼女はツンパだけの姿になっていた。乳房は垂れ下り、腰は贅肉で凸凹していた。だが笑い顔は昔のままだった。

「お母さんも刑事さんのことが好きなんだわ」

チェリーが佐久間の耳の傍で囁いた。

「あれからずーっと刑事さんのことを想っていたらしいのよ」

「いったい、どうすればいいんだね?」

佐久間はチェリーに言った。

「わたしにどうしろというんだ?」

「お母さんの話し相手になってあげて。お母さんも刑事さんのいい話し相手になれると思うわ」

「そりゃだめだよ。お母さんの前に出たら、わたしは一言もしゃべれなくなるにきまってる」

「大丈夫よ」

「な、なぜ、大丈夫だとわかる?」

「いくら話下手な刑事さんでも、取調室の中ではよくしゃべるじゃない」

「あれは仕事だから、しゃべらぬわけにはいかない……」

「だから取調室の中でお母さんと話をしてよ」

佐久間はますますチェリーという女がわからなくなった。

「どうやって取調室の中でお母さんと……?」

「逮捕するのよ。公然猥褻罪の現行犯で」

ただ呆れて立っている佐久間にチェリーは片方の目をつぶってみせた。

「お母さんは、これから、全開するわ。そこを捕えるのよ。お母さんは最初は厭がっていたわ。でも、まず取調室で刑事さんと差し向いになって、そこから話をはじめるのが一番よ、って言ったら、渋々頷いてくれたわ」

佐久間はこわごわエプロンに目を移した。漣しのぶはツンパを脱いで全裸で立っていた。佐久間の横で、源治がもぎりのおばさんに「ど、どうしたんだろう、漣ちゃんは。ここで見せたらやばいぜ」などと言っている。「そうだよねえ」と、もぎりのおばさんもひそめた声で「佐久間さんだから見逃してくれているんだよ。これがきびしい刑事さんなら、丸裸になったところで御用！　だよ」

漣しのぶには、尻を割る勇気はないのだろう、ツンパを手にさげたまま、まだ棒のように突っ立っている。笑顔は消え、額のあたりが脂汗で光りはじめた。

「これ以上は無理だわ」

チェリーが佐久間に囁いた。

「久しぶりの舞台、……それに、刑事さんが見ている……あれやこれやでお母さんには全開する勇気が出てこない。ねェ、刑事さん、お母さんを助けるつもりで、このへんで逮捕して！」

佐久間がためらっているので、チェリーがまた言った。

「刑事さん、東京では毛を見せただけで踊子を逮捕するわからず屋の刑事さんもいるわ。ねえ、そのわからず屋の刑事さんになって！」

とうとう佐久間はエプロンの上に向って、吃りながら叫んだ。

「さ、さ、漣しのぶ。公然猥褻罪現行犯で逮捕する！」

佐久間の声で漣しのぶはツンパを前に当てエプロンの上に坐りこんだ。客席は不満の声をあげ佐久間の横では、もぎりのおばさんが「まあまあ、なんてことだい。佐久間さんて案外きびしいんだね」と不平を鳴らした。そして、佐久間の耳許でチェリーが「ありがとう、刑事さん」というのが聞えた。

一時間後、署の取調室で、佐久間は漣しのぶと向い合っていた。

佐久間刑事はしばらくの間、湯呑みを持ったり下したり椅子から立ったり坐ったりしていたが、やがて決心して重い口を開いた。

「あなたは、誰に強制されて、観衆の前で、全裸になったのかね?」

漣しのぶが答えた。

「……半分は自発的にですわ」

「なぜ、自発的に全裸になったのです?」

「あなたに逮捕してもらいたいため……」

佐久間は赤くなり、それを隠すつもりか、急いで次の質問に移った。

「で、あとの半分は誰に強制されました?」

「娘に、です」

「あなたの娘さんはそれによってどのような利益を得られるのです?」

「なんにも」

漣しのぶは笑いながら言った。

「なんにも、です」

佐久間はつい、

「それはじつに変った、……いや可愛い娘さんですな」

と言ってしまい、いっそう顔を赤くした。漣しのぶは何度も頷いたあと、取調室を見廻して呟いた。

「懐しい部屋だわ、ここは」

佐久間は次の質問を考えるために、立ち上って部屋の中を歩き廻りはじめたが、ふと、この数時間、入歯のことをまったく忘れていたことに気がついた。

どうやらようやく、佐久間の入歯の床は歯茎の谷にしっくりと馴染みはじめたらしかった。

幻術師の妻

一

そのころ、北岡と私は、東京の東の外れの場末の街に住んでいました。そこはとても賑やかでまるで玩具箱(おもちゃ)を引っくり返したようでした。もっとも玩具箱というたとえは少しお上品すぎてその街にはふさわしくないかもしれません。なんなら紙屑籠をぶちまけたような、と言い換えてもいいのですけれども、とにかく通りに人や店の品物が溢れ、活き活きした街でした。都心よりは三割から四割、浅草と較べても二割方物価が安く、夏の夜など、男ならランニング、女ならシミーズで商店街をぶらついても、誰もそれを変には思わない、行儀は悪いけれども、またそれだけに気さくな住みやすい街でした。

私たちのアパートは、総武線の駅の南口の商店街を入ってすぐの横丁にありました。横丁の角が本屋で、お惣菜屋、産婦人科医院、質屋と続き、その次がアパートでした。アパートの隣がどういう訳か木造の映画館で、封切からひと月ぐらい遅れた邦画が、松竹も東宝も東映も一緒くた、三本立てで上映されていました。

アパートはみどり荘と言いました。古びた木造の二階建で、正面から建物全体を眺めると、両側が中年男のお腹のように脹(ふく)らみ、今にもはち切れそうでした。私たちの部屋は二階の右奥で、窓と一米（メートル）も離れていないところに映画館の板壁があり、窓を開けるといつも、映画館から勝新太郎や高倉健や渥美清の喋る台詞（せりふ）や、人を刺したり斬ったりする音や、伴奏音楽が聞えていました。

はじめのうちは隣の映画館から聞えてくるこういった物音がとても気になりましたが、そのうちに慣れました。そしてやがては映画館からの音を利用したおもしろい時間潰しの方法さえ考え出したほどです。北岡は雨さえ降らなければ、午前十一時には仕事へ出かけてしまいます。そのころになるともう映画館は拡声器から流行歌を流しながら客入れを始めていますから、週に一回、それも番組の替る日の一回目を観て、それぞれの映画の筋立てをしっかりと頭に叩き込んで帰ります。あとは自分の部屋で何をしていても、耳は映画館に向けて立てておき、スクリーンで誰かが何かをいったら、その台詞に適当に受け答えをするんです。私は倍賞千恵子に代って「車さくら」に扮し、何回も何回も兄の渥美清の家出を止めようとしたものでした。また藤純子に代って高倉健や鶴田浩二と何回も悲しい恋をしました。野川由美子の替玉をつとめて梅宮辰夫に口説かれたこともあります。三田佳子に代って座頭市に親切にしてあげたこともありました。この時間潰しは気に入っていました。たしかにそのつもりになればすぐにその場でヒロインになれるのですから、つまらないはずはありません。

あの騒ぎが起ったときも、私は窓際に干した洗濯物を取り込みながら、この遊びに夢中になっていました。映画は「男はつらいよ」の第一作で、場面は二十年振りで生れ故郷の葛飾（かつしか）柴又へ帰って来た車寅次郎が、おいちゃんの団子屋「とらや」で、腹違いの妹さくらと名乗りあうところだったと思います。映画館からは寅さんの台詞が聞えてきていました。

「……俺だよ、さくら。この面に見憶えはないのかい？」

私は倍賞千恵子になったつもりで、出窓の上に洗って乾かしてあった北岡の桐下駄を凝っと見詰めました。桐下駄は渥美清の角張った顔によく似ていました。

「いいんだ、いいんだ、無理もねえ。五つや六つのガキの時分にほっぽり出してそれっ切りだもんな。親はなくても子は育つッてえが、それにしてもでっかくなりやがった……」

そろそろ映画館で本物のさくらが寅さんを自分の兄と気づくころです。私は本物の先を越し、桐下駄に向って言いました。

「あの……お兄ちゃん？」

映画館から寅さんの涙声。

「そうよ、お兄ちゃんよ……」

私は桐下駄を手に取り抱き締めて、

「生きていたの……お兄さん！」

映画館から寅さんのしゃくり上げ。

「さくらァ、苦労をかけたな……ご苦労さん！」

……こんな細い会話を覚えているのは、あの映画にとても感動したからです。どうして感動したかと言いますと、夫の北岡も寅さんと同類の香具師だったからです。北岡はテキ屋連合会佐原屋配下北岡一家の二代目親分でした。親分といっても、香具師は暴力団や博徒や愚連隊とはまるで違いますから、諸肌を脱げば倶梨伽羅紋紋、胸に刀疵、脇腹に弾疵、背中に槍疵などということはありません。普通の商人と同じことです。ただ、店舗を持たない青空商人ですから、場所割で揉めたり、ちんぴらに商いの邪魔をされたりすることがあり、多少の度胸がないと勤まらないということは言えるかも知れませんけれど。

親分を名乗るからには北岡にも若い衆はいました。でもたったの三人。しかも三人とも通勤の若い衆でした。北岡はよく「若い衆に国鉄定期を持たせておくってのは情けのねえはなしよ。なんとかして若い衆とひとつ屋根の下で寝起きして、ひとつ釜の飯を喰いてえものだ」と言っていましたけれど、その親分がアパートの六畳の間借人では、これは叶わぬ夢でした。そのころの私は北岡と一緒になってようやく一年そこそこ、だから北岡組の勢いの盛んだったときのことは知りません。でも北岡のはなしでは「先代の時代は飛ぶ鳥どころか、飛ぶ飛行機までも落しかねない羽振りのよさでよ、昭和二十二、三年頃は若者頭が十人、若い衆は七、八十人いたものだ」そうです。「その北岡組がどうしていまはこんなに落ちぶれてしまったの？」と、あるとき訊いたことがあります。北岡の答はこうでした。「おれの顔を見ながらそんなことを聞くんじゃねえや、まるで二代目のおれがボンクラで北岡組が駄目になったようじゃねえか。みんなご時勢が悪いのよ」

香具師・テキ屋といってもいろいろあるんだそうです。植木屋、玩具屋、食べ物屋、唐辛子屋、風船屋、こういった大人しいものを扱うテキ屋はいってみればまっとうな露天商ですから、祭礼縁日運動会などへ出掛けて行けば、いくらご時勢が変っても商売になります。

「ところがおれたちのような口上売(タンカバイ)は、こういう忙しいご時勢にゃ向かねえのさ。口上を始めるとき、客(ジン)はひとりもおれたちを信用していねえ。盗人(ぬすっと)を眺めるような目付をし、欺されまい決して買うまいと自分に言い聞かせながら、おれたちを見ている。こういう連中を四十分、五十分、一時間と、じっくり時間をかけてこっちの言っていることに乗せて行く。笑わせたりドキッとさせたりサクラ役や呼び水役(トハ)を使ったり、存分に幻術(めくらまし)をかけて、だんだんと客の警戒心を解き、財布の紐を緩(ゆる)めさせる。これがおれたちの仕事だが、近ごろの客はじっとしていねえ。せいぜい保(も)って三十分だ。テレビには三十分番組が多いから、三十分たつとチャンネルを変え河岸を変える癖が出やがるんだ。そこへ行くと口上売は芸術祭参加の長時間ドラマよ、忙しい客には向かねえのさ」

……映画館からは妹と名乗り合って思わず泣いてしまった寅さんが照れ隠しに、

「……ションベンしてくらァ」

と、言っているのが聞えてきました。寅さんが用を足しに裏庭に立ったあと、おいちゃんやおばちゃんがさくらに「よかったね」を言っています。私は出窓に桐下駄を置き、深い溜息をつきました。私には兄も姉もおりませんけれど、何回演(や)ってもこの兄妹再会のシーンはジーンときます。

と、そのとき、ずいぶん慌てたような足音が聞えました。映画館からではありません。映画はそれからがもうひとつよくなるところで、寅さんが裏庭で立小便をしながら「泣くな妹よ、妹よ泣くな、泣けば幼い二人して、故郷を捨てた甲斐がない……」と、しんみり歌う場面ですから。

足音は私の部屋へ近づき、近づいたと思った途端、ドアが激しい勢いで開き、夫が飛び込んできました。はあっはあっとゴールに入った競馬の馬のような荒い呼吸をしていました。駅から駆け通しで来たのでしょう、開襟シャツが汗で濡れ、肌にぺったり貼りついていました。

「お帰りなさい」

声を掛けても夫は返事をせず、流しの蛇口をいっぱいに捻り、直接に蛇口に口をつけ、忙しく喉仏(のどぼとけ)を上下させながら水を飲みました。私は浴衣を出し、湯道具を揃えました。

「一風呂浴びてらっしゃい。でも、ずいぶん早かったのね」

夫はやはり無言のまま、シャツとズボンを脱ぎ散らかし、浴衣を着て、それから箪笥の前にどたりと腰をおろして、一番下の抽出しをうんと意気込んで引っ張りました。

「……なにを探しているの?」

私が訊きました。はじめて夫は私に血走った目を向けました。田舎の小学校で飼っていた兎の目のように真ッ赤でした。

「短刀はどこへ行った？」

夫の声は変に落ちついていて、私はなんだかぞっとしました。

「手拭でくるんで、ここへ仕舞っておいたはずだ」

「短刀は質屋へ行ってるわ。ほら、いつか徳さんの結婚資金を都合してあげようということになって、私が言いつかって持って行ったじゃない？」

徳さんというのは若い衆のひとりで、最年長の三十一か二、夫の片腕といってもいいほどの働き者でした。

「……畜生！」

夫は舌を鳴らし、力まかせに抽出しを押し込みました。ぐらぐらと箪笥が揺れ、そのはずみで箪笥の上に飾ってあった先代の写真が畳に落ちました。夫は写真を拾い上げ、それを両手でしっかりと押え、呻くように言いました。

「……先代、すまねえな」

夫の目から写真の上に涙がふた粒ほど落ちました。

「質屋から出して来る？」

「……金はあるのか？」

「私の舞台衣裳がまだ四、五着あった筈よ。質屋の小父さんに頼んで短刀と交換してもらうわ」

ここまで言って私はまたぞっとしました。いったい夫は短刀を何に使うつもりなのかしら。

「あの……喧嘩なの？」

「そうじゃねえ」

「じゃァ指を詰めるかなんかするの？」

「そうよ。ただし、指を詰めるのはおれじゃない、徳の野郎だ」

「……徳さんがどうかしたの？」

「したもしねえもありゃしねえ。野郎ども、おれに盃を返す、なんて言い出しやがったのだ」

「野郎どもっていうと、徳さんの他にもだれかいるのね」

「哲も六も香具師はやめてえってさ」

哲ちゃんは二十四歳、六ちゃんは二十一歳、ふたりともうちの若い衆です。この哲と六に徳を加えた三人が北岡組の全組員でした。三人が居なくなっては北岡組は全滅です。夫のかっかっしている理由がようやく私にも呑み込めました。でも、辞めたいっていうんなら仕方がないじゃない、と、そのとき、私は思いました。小指を三本貰っても何のたしにもなりはしません。

夫は私の表情からこっちの心中を読み取ったらしく、

「おれとあの三人との間には特別の約束があるんだよ」

と、言いました。

「去年の三月、北岡組から五、六人脱退者が出た。残ったのはおれとあの三人。おれたち四人はあのときに誓ったんだよ、『この四人だけは一生口上売に命を賭けよう』ッてな」

私が夫と暮しはじめたのはその前の年の夏からですから、四人の誓いはその数カ月前という
ことになります。

「なのに二年も経たねえうちに約束を反古(ほご)にしやがった。それが口惜しくてならねえ。おれはひょっとしたらあの三人と刺し違えて死ぬかも知れないぜ」

夫も、それから徳さんも哲ちゃんも六ちゃんも舌先三寸に生活をかけているだけに、いつも言うことが大袈裟でした。三日も続けて雨が降ればこの世の終りが明日来るとでも言わんばかりの鬱虫(うつむし)になってしまいます。反面五千円儲けただけでも有頂天になり、明日にでも念願の北岡麻雀(マージャン)ビルの用地を買い占めようか、などと言い出すのです。この北岡麻雀ビルというのは四人の夢の麻雀の殿堂で、一階は麻雀式パチンコの遊戯場、二階は普通の麻雀室、三階はクラブ制の高級麻雀場、四階は私立(わたくしりつ)の麻雀学研究所、五階から上は四人の住居になっているんだそうです。

「あの連中、おれに両手を突いて詫びを言いてえそうだ。おっつけもうここへ来るだろう。来たら最後だ、容赦はしねえ」

「質屋へ短刀を受け出しに行くのはごめんだわ」

私は夫に言いました。

「チャンチャンバラバラの片棒を担ぐのはいやよ」

「いやなら頼まねえよ」

夫は立って流しの壁の包丁差しから出刃包丁を抜き取って、手早く手拭にくるむと、懐中に忍び込ませました。わたしは窓を閉めました。夫と徳さんたちはきっと大声で言い争う事になる、御近所に聞えてはならないと思ったのです。

やがて、廊下に人の気配がしました。ドアを細目に開いて覗くと、ドアの外に徳さん哲ちゃん六ちゃんの三人がひどくかしこまって立っていました。三人とも珍しく背広を着ていました。その背広も香具師独得の、袖長の丈長の細襟のというやつではなく、おとなし型のごく地味なスーツでした。徳さんが右の親指を立てて小声で訊きました。

「……姐(ねえ)さん、居ますか？」

私は頷いて、

「でも、カリカリしてるわよ。徳さんたちと刺し違えるとかなんとか言ってる。出直した方がよくない？」

徳さんはちょっとの間考えていましたが、急に激しく頭を振って、

「いや、こういう話はへんにこじれないうちに済しといた方がいいんだ」

自分に言い聞かせるように呟いて、部屋の中に入って来ました。哲ちゃんも六ちゃんもその後に続きました。夫は火のついていない煙草を咥え、外を眺めています。ちょっと見はとても落ち着いているようですけれど、フィルターの反対側を咥え澄し込んでいるところを見ると、かなり気持が昂(たか)ぶっていることがわかります。

徳さんたちは夫の前に正座し、やがて両手を畳についてへーっと平伏しました。

「親分、さっきは途中で親分がお帰りで、話が中途半端の尻切れとんぼになっちまいましたが、お願いです。小指を寄越せだの刺し違えるだのと物騒なことはおっしゃらねえで、あっしたちに、うんと頷いてやっておくんなさい」

徳さんが畳の目と睨めっこしながら言いました。

「……あっしはデパートの仕入れ部員、哲は芸能プロのジャーマネ、そして、六の野郎は出版社の編集見習と、これから先の身の振り方も決まっていることですし……」

哲ちゃんと六ちゃんは何回も何回もおでこで畳を叩きました。

「……そうかい、そうかい、そりゃ結構だねえ」

夫が妙に優しい調子で言いました。じつはこういうときが一番危いのです。嵐の前のなんとか、真冬の前の小春日和というやつなんです。

「デパート店員にマネージャーに編集者か。みんなインテリのやる仕事だが、テキ屋のお前らに勤まるかい。ちっとばかり荷が勝ち過ぎるんじゃねえのか？」

「なァに、親分、デパートもマネージャーも編集者も、言ってみりゃみなテキ屋ですよ」

徳さんがひと膝進めながら言いました。

「とくにあっしの行くことになっているデパートと来たらテキ屋の巣窟ですぜ。たとえば一階の化粧品売場、化粧品会社の宣伝員と名乗る姐ちゃんがマネキンの顔にべたべた白粉塗ったくりながら『これが今年の秋流行の化粧法……』と可憐な声を張り上げて、お客の足を必死になってとめようとしていますが、あれはあっしたちが観音さんの境内で『さァ見てらっしゃい。これが今評判の万能薬用化粧品〝秘宝・乙女肌〟だよ』と、濁み声をあげるのと一緒でサ。デパートの化粧品もこっちの乙女肌もどうせ原料は無料同然、それを口上で買わせるんですからね」

徳さんも口上売人、喋り出したらもう坂道の荷車で滅多なことではとまりません。

「……衣料品売場の特売も古着屋の口上売と同じで、向うもこっちも目玉商品やら囮商品で餌を撒き、客を仕掛釣にするんです。デパートの催物と来た日にゃァこりゃもうずばり因果見世物ですよ。あっしの行くデパートでは、来週から、韓国からやって来た救世主少年のお説教会という催物があるんです。キリストさんの生れ変りっていう触れ込みですが、これなんザ〝密林生活二十年のジャングルの女王〟という蛇娘の触れ込みと、その原理は同じですぜ。嘘だか本当だか判らないがとにかく見てみようッて気分に人をさせますからね。テキ屋は境内いっぱいに平らにいろんな店を出します。デパートは立体的にいろんな品物を並べる。言ってみればこちとらは平面デパートで、向うは立体式の露天店。違うのはこっちが裸電球で向うが螢光灯といった程度のこと、あとは五十歩百歩。テキ屋が勤まってデパート店員が勤まらねえなんてことは金輪際ありません」

「徳兄ィの言うとおりですよ、親分」

哲ちゃんが徳さんの後を引き継ぎました。

「芸能プロのジャーマネもテキ屋と同じです。扱うタレントにゃ偽が多い。その偽をあたしたちの口上ひとつでどう売り込むか、それが仕事ですが、偽物を売り込むのは慣れてますから、きっとなんとかやりこなせると思います、へえ」

夫は腕を組み、天井をただじーっと眺めていました。

「ぼくの勤めるはずの出版社は入門書専門なんです」

と、六ちゃんが徳さんの躰の陰に隠れるようにしておずおずと言いました。六ちゃんはなかなかの努力家で、テキ屋の若い衆をしながら六年がかりで或る私立の夜間商高を、その春、卒業したばかりのところでした。三年のときの文化祭に「香具師の商業活動が庶民生活に及ぼす影響について」とか言う自由研究を発表したことがあるそうで、なんでもそれは先生方もびっくりするような立派な出来栄えだったそうです。

「……堂々たるビルを構えた出版社の発行する入門書も、ぼくらが露天で扱う印刷物も完全に同じです。ぼくが入ることになっている出版社はなんでもいまベストセラーになっている『連想式英会話二週間』という本を出していますが、こいつはぼくらの扱っている『川柳で憶える三日間で英会話に上達する秘法』と仕掛けはそっくりです。どっちも連想術の応用ですし、どっちもインチキです。英語が三日や二週間で喋れるはずありませんからね。ただ、出版社は広告で、ぼくらは口上で、お客さんに『ひょっとしたら出来るかもしれないな。買ってみようかなァ』と思わせる。これが技術です。この技術はテキ屋に役に立つと同様に、入門書の編集者にも役に立つんです。だから……」

　六ちゃんはポケットから小さく畳んだ紙入れを出し、そこにメモしてあることを読み上げました。

「……『やさしい記憶術』『やさしい催眠術』『やさしい灸点法(きゅうてんほう)』『やさしい喰い合せ食療法』『やさしい諸病手当て看護法』『やさしいコンピューター操作法』『やさしい汚点(しみ)抜き法』……北岡組専売の『やさしいシリーズ』を、ぼくは企画としてお土産(みやげ)がわりに出版社へ持って行きたいんですけど……」

「馬鹿野郎ッ！」

　とうとう夫が六さんを怒鳴りつけました。

「手前はおれとの約束を破った上、おれのネタまで猫糞(ねこばば)するつもりか！」

「い、いや、親分、神社の境内で印刷物(ひつじもの)を買って行くじいちゃんばあちゃんおじさんおばさんと、本屋で入門書を買う連中とは完全に別ですから決して喰い合いになる気づかいはないんです……」

「なにをこの野郎、きいた風なゴタクを並べやがって！」

　夫は中腰になって腕を伸し、徳さんの背後(うしろ)の六ちゃんの襟首を摑もうとしました。それを徳さんが押しとどめました。

「ちょっと待って下さいましよ、親分。お腹立ちでもございましょうが、あっしたちは親分と誓い合った『一生口上売に命を賭けよう』という約束は破るつもりはありません。いま申し上げたように、あっしらの見つけた新しい就職口はひとつ残らず口上売の応用なんですから……」

「徳、屁理屈はやめな」

「屁理屈じゃありませんよ、親分。今やっている口上売じゃ喰えないから、新しい口上売を、喰っていける口上売を、見つけただけです。一生、口上売をやっていくということに変りはありませんよ。えーと、そいでね、じつは親分にもひとつ新しい口上売の職を見つけておいたんですがね」

「なんだと？」

夫は驚いて覗き込むようにして徳さんを見ました。

「おれにも香具師を廃業させようッてのか？」

「このままじゃジリ貧です。間もなく喰えなくなってしまいます。新しい口上売へ転業すべきですね」

「いったい、このおれに何をやらせようっていうんだ？」

「アメリカの百科事典のセールスマンの口があるんですがね」

「このおれが……テキ屋北岡組二代目のこのおれが、アメリカの会社の社員になるのか？」

「しかし、売りつける相手は日本人ですよ。親分が『川柳で憶える三日間で英会話に上達する秘法』を売るときの、あの英語の発音はじつに見事だ。東大の先生だってああはいきませんぜ。あの調子でまくし立てれば一日二セットや三セットは軽いや。月にして二、三十万は動かねえところだ。今の稼ぎのざっと五、六倍にはなります……」

「……この野郎……！」

夫は懐に右手を忍ばせました。堪忍袋の緒を切る覚悟をしたのでしょうか。私は部屋の重苦しい空気を外へ追い出してやらなくては、と咄嗟に考えました。このまま放っておくと、夫は徳さんを懐の出刃包丁で刺してしまうかもしれません。

「……もう揉めるのはよしてちょうだい。ふうッ、暑い暑い」

そういいながら私は窓を開け放ちました。

「静かに話し合ってよ。でないと外へ筒抜けよ」

夫と徳さんはまだ睨めっこをしていました。徳さんが低い声で、

「親分、どうしても組から出ちゃいけないとおっしゃるんですね？」

と、言いました。

「このまま口上売のテキ屋をやれ、飢え死しろとおっしゃるのなら、あっしにもちっとばかり考えが……」

そのとき夫が、

「馬鹿野郎！　甘ったれるない！　本当のことを言ってやろうか。いいか、俺は手前のその甘っ

たれた面にゃほとほと見飽きてるんだ、とっとっとここから出て行け！」

と、言ったように最初は思ったのですけれど、じつはこの台詞は隣の映画館で寅さんが怒鳴ったんです。六ちゃんなんかは夫がそう言ったのかと錯覚して、「……親分、お許しをいただけて本当にありがとうございます」と、畳に額をこすりつけています。思わず、私は吹き出してしまいました。

「六ちゃんたら、今のは隣の映画館の映画の台詞よ。上野駅の構内食堂で、寅さんが舎弟分の登って若衆に故郷の八戸（はちのへ）へ帰るようにさとしているところなの。……とすると間もなく『男はつらいよ』はおしまいだわ。寅さんもその上野駅から旅に出ちゃうんだから」

説明を聞いて徳さんも哲ちゃんも笑い出しました。六ちゃんは「じゃァ、おれは渥美清に礼を言っちゃったのか、しまらねえなァ」と頭を掻きました。夫も仕方がなさそうに苦笑いをしながら立ち上り、懐の出刃包丁を流しの包丁差しに戻し、出刃をくるんでいた手拭をきゅきゅきゅっと両手で二、三度しごいて一本の棒のようにし、それをぽいと肩にかけ、

「湯へ行ってくらァ」

と、私に声をかけ、ふと気付いて徳さんに言いました。

「これからはどうにでも手前らの勝手にしやがれ。ただし、これだけは言っとくが、おれは今の仕事を意地でもやめねえぞ」

徳さんたちはへへっと頭を下げ夫を見送っていました。

「姐さん、おさわがせしました」

夫の足音が聞えなくなると、徳さんたちは今度は私に向って頭を下げました。

「……それに今迄、いろいろとお世話になりました」

「なにいってんの、お世話になったのはこっちじゃない。この一年、私、徳さんたちに『姐さん』『あねさん』とあがめたてまつってもらって本当にいい気分だった……」

「それじゃァ……」

徳さんたちが立ち上りました。

「ゆっくりしてらっしゃい。御馳走をこしらえるから……。お酒もあるのよ」

徳さんは手を横に振りました。

「今日ここで酒になったら碌なことが起りません。それより、姐さん、親分のことは頼みます」

私はうなずきました。

「それから、なにか困ったことが起きたら知らせて下さい。あっしたちも頼りにならねえ三人組だが、親分や姐さんの為なら話は別だ。殺人強盗火つけに金の工面、これ以外のことだったらなんでもやってのけますから」

「……ありがとう」

徳さんたちが廊下へ出て行ったとき、映画館では「終」の文字が出たところらしく、陽気なくせに変に甘くて切ない音楽が聞えてきました。

二

小一時間ほどして夫が湯から戻って来ました。でも、浴衣を服に着換えるとすぐに外へ出て行ってしまいました。そして、その夜はとうとう戻らず仕舞いでした。夫の仕事の本拠地は浅草の観音様の境内ですけれど、月の半分ぐらいは千葉や茨城や埼玉の町や村の祭礼へ出かけて行き、時によっては一週間も帰ってこないことがありました。ですから夫が傍に居なくてもそう淋しいと思ったことはないんです。でもその夜はなんだか妙に寂しくて困ってしまいました。そしてふとやかましいぐらい賑やかだった小屋の楽屋を一年ぶりに思い出しました。

六帖ぐらいのところに七人も踊子が詰め込まれていて、絶えず誰かが化粧前に置いたコーラの瓶や灰皿を引っくり返していました。くるみちゃんは動物好きで猿と九官鳥を連れて楽屋入りをしていました。お昼のメロドラマの好きなチェリーちゃんはテレビを、競馬狂の花村さんはラジオを持ち込んでいました。そして、小衣（さごろも）の京子ちゃんと私は暇さえあれば花を引いて勝っても敗けてもきゃァきゃァわァわァ言って叫んでばかりいました。それに加えてひっきりなしに聞えてくる壁のインターホンの進行さんの呼び出しの声「ドラゴン巴（ともえ）さん、次、出番です」。ドラゴン巴というご大層な名前がじつは当時の私の芸名だったんです。龍崎友江という本名を小屋の支配人がもじってくれたんです。浅草の本屋で働いていた私を小屋へ引っ張ったのもこの支配人でした。ついでだから申しますけれど、私は新潟の生れなんです。中学を卒(お)えてから、浅草橋のハンドバッグ問屋へ集団就職しました。休みの日に浅草へ遊びに来て、本屋さんの前を通ったら「女店員募集中」と書いた紙が貼ってありました。私は本が好きでした。それで問屋から本屋へ鞍替(くらが)えしてしまったんです。そして本屋の店員生活五年目に踊子として引き抜かれたというわけ。このときはずいぶん迷いました。だいいち、私は踊れませんでした。でも支配人は「一ヵ月もあれば踊れるようになる」とひどく強引でした。「おれが仕込んでやる」というのです。支配人は昭和三十年ごろ、浅草の大きな小屋で男の踊手として鳴らしていたそうで、教え方も上手でした。一ヵ月で前後動(バンプ)らしいもの、回転動(グラインド)らしいもの、震動(バイブレーション)らしいものが、なんとか出来るようになりました。最後の授業が終ったとき、支配人がもうひとついいことを教えてやる、と言って私に抱きついて来ました。なんだか厭でした。でも授業料を払わなくてはと思い、されるままになっていました。しばらくは無我夢中で踊っていました。夢中だったので恥かしいと思うような暇も余裕もありません。冷静に踊れるようになるともう一種の慣れで恥かしくはありません。だから私は一度も恥かしいと思ったことがないんです。いちばん困ったのは股にバタフライを貼りつけるために使う接着テープによるかぶれでした。だいぶ長い間、私の内股の上の方は赤く腫れていました。

三年ほど小屋で踊っていました。清島町のアパートから朝の十一時半に小屋に着いて、穴倉みたいなところで踊って食べて花を引き、小屋がはねて外へ出るともう夜の十時です。しかも年中無休でした。恋をする暇どころか、小屋とは目と鼻の観音様へ御詣りする暇もありませんでした。

三年目のある夏の朝、どうしたことなのか、普段より一時間も早く目を覚してしまったことがあります。いつもですと、そういうときは洗濯をしたり、ゆっくり朝御飯を作ったりするのです。でも、その朝は観音様へ御詣りに行きたくて、洗濯も食事も放り出してアパートを飛び出しました。そして望み通りに御詣りをすませ、小屋の方へぶらぶら戻りかけると、どこかから奇妙な塩辛声のするのが聞えてきました。遠くで聞えたぐらいですから小さな声ではありませんが、その調子に秘密めかしたところがあって自然にそっちへ向ってしまうのです。私は声のする方へ近づいて行きました。

「……見るのは無料だ、どうぞじっくりとごらんください。このガラス瓶の中に入って居りますのは沖縄の毒へびハブです。学名をラテン語でトリメレスルス・フラボビリデス。猛毒を有するマムシ科のヘビです。こいつに噛まれたらまず命がない。噛まれたところからアッという間に腐って行き、バッタリと仆(たお)れる。このあいだ朝日新聞に東大の教授が書いていらっしゃったが、なんでもこいつに噛まれるとあの機関車でさえ立往生するそうです。電柱が噛みつかれりゃ電気が止まる、水道管ならお水が止まる。娘さんなら月のものが止まる、いや、その前に死んじまう。それほど恐ろしいヘビだが、このヘビをこれより瓶から取り出しまして、私のこの細腕に嚙みつかせてみようと思います。よろしいか？」

境内の片隅に六、七人、人だかりがしていました。塩辛声の主は三十七、八の角刈りの男で、陽灼けのためにコーヒーみたいな顔色をしていました。助手役の男が塩辛声の横にしゃがんで、ボストンバッグの中に手を突っこみ、何か探していました。この塩辛声が北岡で、助手役が徳さんだったんです。むろんそのときはそんなことまで知りやしませんでしたけど。

「……ハブに嚙みつかれるのはよろしいが、私も人の子、斬れば真赤な血の出る躰、嚙まれた途端にあの世行き、これが困る。酒も飲みたい、パチンコもしたい、競輪で大穴を当てたい、そして、そちらの娘さんのような別嬪（べっぴん）さんに愛されてもみたい……」

そう言いながら北岡は私を指さしました。

「そこでハブに嚙みつかれる前に、こっちとしても万全の準備をして置きたい。さて、私の準備とはなにか？」

助手の徳さんが、そのとき、ボストンバッグの中から白い大きな貝殻を一個取り出しました。北岡は徳さんからその貝殻を受けとって、

「これが秘宝・乙女肌という仙薬だ。大和の大峰（おおみね）に九年間も山籠りして修業を積んだ或る山伏から譲り受けた傷薬です。これをあらかじめ肌に塗っておけば、いかなる猛毒も、その効き目たちまち消え失せる。何と何を練り合せてこしらえるものなのか、それは分らん。山伏しか知らない、なにか特殊な調合をするらしいのだが、さて」

北岡は貝殻の蓋を取りました。中に青い色の、軟膏のようなものが入っているのが見えました。

「この乙女肌、ハブの猛毒を無害にしてしまう位だからたいていのことに効きます。そこの娘さん、一寸の間、じっとしていていただきたい」

言いながら北岡は取り出したチリ紙に、その乙女肌とかいう薬を指先で採(と)ってさっとなすりつけ、私の方へやって来ました。

「あんたの左耳の付根に小さな黒子(ほくろ)がある」

私はへえと思いました。それまで左耳の付根に黒子があるなんて自分でも気が付きませんでした。北岡は私の左耳の下のあたりにチリ紙を当て静かに揉み始めました。

「人相学でいうと左耳下の黒子は凶相です。この乙女肌の効力で吸い取ってさしあげましょう」

私に見物客の視線が集まりました。すこしへどもどしました。照明の中でなら、どんなところを見られても平気です。けれど太陽の光線の下で見られるのは勝手が違って、なんだか少し照れくさかったのです。北岡はチリ紙でしばらく私を揉んでいました。

「……あんた、ひょっとしたらそこのストリップ小屋のドラゴン巴さんじゃないのかい?」

不意に小声で北岡が囁きました。思わず頷くと、北岡はまた低い声で、

「やっぱりそうか。道理でどっかで見た顔だと思ったぜ。おれ、三、四度あんたの出ている小屋に入ったことがある。あ、おれは北岡っていうんだ」

と、言い、さっとチリ紙を取り除きました。

「さァごらん。皆さん、チリ紙に近寄ってよく見て下さい。ほらこれ！　これが只今吸い出した黒子です」

たしかに白いチリ紙の真中に胡麻粒のような黒いものがくっついていました。

「どうですか、皆さん、凄い効力じゃありませんか。今日は午前中から別嬪が来てくれたので、私、非常に気分がいい。そこで、ハブを使う前にもうひとつの実験をしてみたい。この中で虫歯でお悩みの方はありませんか」

学生風の若い男がおっかなびっくりといった感じで一歩ほど前へ出ました。北岡は若い男に口を大きく開けているように言い、脱脂綿に乙女肌をひと塗りして、「ああ、こりゃひどい。この虫歯は削っても無駄だ。抜くほかないなァ」とぶつぶつ呟きながら、その脱脂綿を若い男の口の中に押し込みました。そして、大声で十かぞえてから脱脂綿を引っぱり出しました。綿の中には半分黒くなった永久歯が一個入っていました。

もっともこれは北岡と一緒に住むようになってから聞いたのですけど、じつは全部インチキでした。乙女肌という軟膏は秘宝でもなんでもなくて、一罐百五十円のワセリンと青い歯磨粉を混ぜて練った代物だったんです。黒子吸い出しの一件も勿論大嘘で、ナタネのつぶを薬の中へ仕込んでおき、それをすくい取ってチリ紙になすりつけ、パッと客の顔のどこかに当てるだけの仕掛けでした。虫歯抜きにも種があるんです。つまり、綿の中に虫歯をはじめから隠しておくわけです。しかも相手にはサクラを使いますから、失敗しっこありません。これも後で知ったのですけれど、そのおっかなびっくり一歩前に出た学生風の若い男は六ちゃんでした。

それはとにかくとして、そのときの私は、薬の効き目の素晴しさに本当にびっくりしてしまいました。

「……あんた、この乙女肌という薬が欲しいんじゃないかい？」

北岡が私に大声で訊きました。私はうなずきました。

「脱毛剤にもなるわね、これなら……」

「黒子を吸い出し、虫歯をひん抜くほどの力のある薬だ。あんたの柔かい毛ぐらい朝飯前に枯らしてしまいますよ」

「じゃ一個ちょうだい。おいくら？」

すると助手役の男、つまり徳さんが北岡に舌打ちしながら言ったんです。

「だめですよ、これを売っちゃ。自家用にといって山伏からようやっと分けてもらった薬なんですから。だいたい、もう十個ぐらいしか残っていませんよ」

後から考えればこれも仕込んだお芝居だったのですけど、そのときはこの徳さんの言葉を聞いた途端に、もう無性に欲しくなってしまって、私は「売って！　ねえ、売ってよ！」と、何回もせっつきました。それも私ひとりだけじゃなくて何人ものお客が、です。

北岡は頭を掻きながら言いました。

「仕方がねえ、ここにいるお客にだけ分けてあげることにしようや」

徳さんは脹れッ面をしてボストンの中から渋々貝殻を出しはじめました。でも、内心はホクホクだったに違いありません。

私は特別に二個分けてもらい、千円払いました。ハブは最後まで使ってはくれませんでした。

「ハブなんてもとから使う気はねえのさ。いまハブを使うか、今度こそハブか、とお客に期待させながら、結局はハブを使わず薬を売りつけて帰らせてしまう。ここんところが口上売のミソよ」後で一緒になってから、北岡はこう言って威張っていました。

その日の午後、楽屋へ北岡が訪ねて来ました。北岡は楽屋の入口から奥で花を引いていた私に向って西瓜を一個転して、

「巴さん、みなさんにも分けて差し上げてくんな」

と、声をかけました。西瓜は花村さんのお尻にぶつかったり、チェリーちゃんの膝ッ小僧を擦ったりしながら、私のところまで転ってきました。

「ありがとう」

「なんのなんの。ところで、巴さん、ちょっと頼みがあるんだがね、表まで一寸顔を貸してもらえないか？　なァに、たいした手間は取らせねえよ」

「頼みってなに？」

「あんたと並んで写真を一枚。友だちを羨（うらや）しがらせてやりてえんだ」

「いいわよ」

楽屋口には徳さんがカメラをぶら下げて待っていて、私が顔を出すと続けざまにシャッターを切りました。

「私だけじゃだめよ。北岡さんと並んでいるところを撮って。それが北岡さんのお望みなんだから……」

「あ、そうでしたね」

徳さんはそう言って、急に気のない態度になって、一枚だけ北岡さんと私の並んでいるところを撮りました。撮り終えた途端、北岡の態度が急に変って、もうなんでもいいから一刻も早く私とさようならしようという感じ。「じゃ、またな」と、口の中でごにょごにょ言って、徳さんと忙しく何か喋りながら言ってしまおうとしました。

「ちょっと待って！ 北岡さん、名刺ぐらい置いてったらどうなの？ 北岡さんはいったい何処に住んでいるの？」

北岡はズボンの後のポケットから名刺入れを出しながら戻って来ました。

「悪い、悪い。じつはちょっと急な用事を思い出したもんだからサ」

名刺を私に渡すと北岡は廻れ右をして、急ぎ足で去っていってしまいました。

浅草署から呼び出しがかかったのは、その二週間ほど後で、支配人も一緒でした。

「いったい何事だというんだろう」

警察へ行く途中、支配人は何遍も首を捻っていました。

「巴くん、おまえさん、まさか全ストをしたんじゃないだろうね？」

「まさか、いくら暑いからって、そんな。だいたい、いまのお給料ではそんな気にならないわ。もっと出してくれるんなら私たちももっと出すけど……」

「下らん駄洒落はコントの時だけでたくさんだ」

それから支配人はひとことも口をききません。そのうちに警察署へ着きました。風紀係のお巡りさんは四十年配の愛嬌のある人で、私の顔を見ると、

「これはわざわざ光栄ですな」

と、言って胸のポケットから警察手帳を出し、それにキャップを外した万年筆を添えて、

「用件に入る前に、個人的なお願いがあるんですよ。手帳の余白にサインをしてくれますか。あなたのファンが此処にも大勢います。その連中を羨しがらせてやりますから」

これですっかり私は気が楽になって、サインの外にリップマークもつけてあげました。

「なんですか、今日はスターとファンの交歓会ですかね？」

支配人が傍から皮肉っぽい調子で言いました。

「交歓会ならごゆっくりどうぞ。但しぼくは忙しいので失礼しますよ」

お巡りさんは手帳を胸のポケットに納め、上からぽんと軽く叩き、それから、机の抽出しを開けて中から茶色の封筒を取り出しました。

「これに何かお心当りはありませんかな？」

　封筒の中から出てきたのは十数枚の全裸のヌード写真で、大股びらきの露骨なものでした。私たちでさえ出さないところへ、モデルたちは自ら指を差し入れてぐいと開いて見せていました。何よりも驚いたのはその大胆なヌードたちが、みんな、この私なんです。

「巴さん、これはあなたに違いありませんな」

　私にはぴーんときました。北岡です。私と並んで写真を撮りたいと言ったのは嘘で、北岡は、私の顔が欲しかったに違いありません。私はストリッパーとしては結構名前が売れてました。だから、北岡たちは、どこかの女の子から首から下の全裸ヌード写真と、私の顔を合成して一枚にし、六区の暗がりで、酔っぱらいかなんかを摑まえ、「ねえ、旦那、そこの小屋のドラゴン巴ってのを知ってるでしょ。その子が全裸で写っているんですよ。ほら、顔だけでも見せてあげましょうか。この顔はまぎれもなく巴ちゃん。嘘だと思ったら小屋に飾ってある写真とよく見較べてみて下さい」なんて言って売り捌いたんでしょう、きっと。別れ際に北岡が妙に浮足立っていたのは、早く帰って現像し合成写真を作ろう、と、急いでいたからでしょう。

「君、わたしに無断でこんなことされちゃ困るな」

　支配人が机をばしんと叩きました。

「むろん、たとえ申し出てもこういうのは許可しないが……」

「顔は私です。でも腰から下は他人です。つまりこれ合成写真なんだわ」

支配人とお巡りさんは長い間写真と睨めっこをしていました。でも、合成の技術はかなり高級でした。お巡りさんはうんうん唸って考えに考えた挙句、

「これは結局、わたしが巴さんを信ずるか、信じないかの問題ですな。よろしい、信じましょう。巴さんはどこかで誰かに顔写真を撮られた。その誰かが巴さんとはまったく関係なくひと儲け企んだ。こういうことにしておきます。これで一件落着ですわ」

支配人はほっと肩を下ろしてハンカチで顔を拭っていました。私は、そのとき、ふっとあることを思いつきました。

「ありがとう、お巡りさん、でも私、証明できますよ、この写真の下半身が私の下半身じゃないってことを……」

支配人が納まりかけた話をどうしてまた蒸し返すのか、という批難の目で私を見ました。

「どうやって証明するんだね？」

「むろん、こうやってよ、支配人」

私は下半身につけていたものを全部脱ぎ捨てて言いました。

「どうぞしっかり見くらべて頂戴。写真のは下についているけど、でも私のは上についているでしょう」

その夜、小屋がはねてから、名刺の所書きを頼りに、北岡の家を訪ねました。そこがみどり

荘の二階右奥の六畳間だったわけですけど、私がノックもしないで部屋へ入って行くと、彼は例の写真を四、五枚ずつ、封筒に入れる作業に夢中になっているところでした。

「鍵も掛けずにそんな仕事をしていちゃ駄目じゃない」

北岡は飛び上って驚き、うろたえるだけうろたえた末、やっと声の主が私だと気づいて、

「こ、こんな夜遅くいったい何の用だ？」

「それはあんたが一番よく知っている筈でしょう。でも、その仕事はもうよした方がいいわよ。私、今日、浅草署によばれて、この写真のモデルは巴さんですか、って訊かれたんだから」

「……やばい」

「私は合成写真だということにすぐ気がついたわ。自分の躰は自分が一番よく知っている、とくに私たちの場合は躰が米櫃(こめびつ)だからよく手入れをする、だから躰の隅々までお馴染なのよ。あんたがやったことだということもピーンときた……」

「おれの名前を喋ったのか？」

「だとしたら、あんたは今ごろ留置場ね」

「黙っててくれたのか？」

「……そう」

「なぜだい？」

「………」

「おまけにわざわざやって来て、危険だよと教えてくれる……、なぜだ?」

私にもそれがわからなかったので、黙っていました。と、急に北岡が幽かな笑いを顔に浮べて、

「ひょっとしたら、おまえはおれを好きなんじゃねえのか?」

と言いました。私はそれが一番正しい答のような気がして思わずうなずきました。その夜から私はその街で暮すことになったのでした。

三

二日たち、三日過ぎても、夫は帰って来ませんでした。私は急に年をとったような気分になり、朝から晩まで横になり眠ってばかりいました。映画館からは相変らず、渥美清や高倉健の声が聞えて来ていました。けれども例のアテレコ遊びをする茶目ッ気もなく、ただうつらうつらしていました。食事もあまりしたくはなく、それでも躰に悪いと思って、自分に自分で無理強いをして、食膳の前に坐るようにしました。でも、食物を見ると途端に胸がむかつくのです。

四日たちました。でも、まだ夫は帰りませんでした。ひょっとすると捨てられたかな、という厭な考えがときどき頭を擡げ、そのたびに胸が重苦しくなりました。夫は若い衆が居なくなったことに気落ちして、ふっとなにもかもが莫迦らしくなり、すべてをうっちゃらかしにして、

二度と戻らないつもりの旅にでも出たのでしょうか。夫が姿を消してから五日たった朝、ある事に気がつき、あ、そうだったのか、と自分でひとりうなずき、それから嬉しくなりました。夫の行方の見当がついたというのではないんです。夫が消えてしまったことが原因で躰の具合がおかしいのではなく、体調が変なのはつわりなのじゃないかな、と気がついたのです。

横丁の産婦人科へ行って尿を調べてもらったら、案の定、思った通りでした。

部屋へ帰って、私は、これはぼやぼやしてはいられない、と思いました。夫がもしも蒸発したのなら、今から何か仕事をしなくては。なにしろ、子どもを産む前後の数カ月間の生活費や入院代をたったいまから心掛けておかなくてはならないのだから。

私は隣の映画館の売店の前に置いてある電話を借りて、徳さんの勤めるデパートの番号を廻しました。

「……やァ、その後、奥さんには何のお変りもありませんか?」

徳さんはもうすっかり新しい職場に馴染んだらしく、言葉つきからは前にはあった崩れた感じが拭いとったようになくなっていました。お変りないどころか大変りよ、と私は事情を話しました。徳さんも驚いたとみえて、

「そいつァあねさん大事だ」

とたちまち地金を出してしまいました。

「するてえと、こりゃァ並大抵の内職じゃ間に合いませんぜ。どかん! と銭になるようなや

つはなにかねえかな……あねさん、ちょっと待っておくんなさいよ」

徳さんはしばらく向うの部屋の誰かと、こみ入った話をしていました。

「……あねさん、とりあえず一時間で五千円になる内職があるんですがどうです?」

電話に戻って来た徳さんがいいました。

「……で、それがじつは急いでいましてね、今夜の仕事なんですが……」

「いいわよ。一時間で五千円なら、この際裸にでも何にでもなるわ」

「さすが勘がいいや! 仕事というのはそれなんです。今夜、仕入課でお客を招ぶんですが、そのとき、座敷で四、五曲、踊っていただきたいんで……」

裸にでも何にでもなる、と言ったのはいわば物のたとえで、裸になることは二度とあるまいと思っていたものですから、これには驚きました。しばらく受話器を持ったまま考え込んでいますと、映画館の客席ドアが開き、若い人が五、六人、ぞろぞろと廊下へ出て来ました。その開いたドアの間から、スクリーンの上の高倉健と藤純子の会話が聞えて来ました。

「男に掟がある以上、すがる女もふり捨てて、ドスを片手にまっしぐら、行かにゃならねえときもあるんです……」

高倉健さんのこの台詞を聞きながら、私はこう呟いていました。

「……女にも掟がある以上……すがる男もふり捨てて、赤ちゃん片手にまっしぐら……」

「あねさん、どうしたんです? もしもし、あねさん……!」

受話器の向うで騒いでいる徳さんに、必ず行きます、と言って私は電話を切りました。

徳さんから教わった通りに行くと、そこは大きな川魚料理屋でした。二階に広い座敷があって小さいながら、舞台もちゃんとついていました。私はそこで、洋ものを二曲、日舞ものを二曲、踊りました。最初の洋もの二曲は、あまりよい出来ではなく、レコードについて行くのが精一杯で、やはり一年の空白は大きいな、と踊りながら思いました。でも日舞ものになってから調子が出てきました。舞台から降りて座敷で踊りました。徳さんのデパートの仕入課にとって一番大切な客らしい禿頭(はげあたま)のおじさんにすり寄ってしなだれかかったりしてあげました。踊り終って舞台の裏の納戸(なんど)部屋で一息入れていると徳さんがおしぼりを五、六本摑んで飛んで来ました。

「ま、汗をお拭きなさいまし」

「ありがとう。で、徳さん、出来はどうだった？」

「上々ですよ。みんな、これ以上、伸びねえって位長くだらんと鼻の下を伸してました。そこで、じつはあねさん、相談があるんですがね……」

徳さんは急に低い声になり、

「アンコールの要望が多いんですがね、どうします？　あと二曲でもう五千円……」

「いいわよ」

「ただし注文がきびしい。全ストですぜ」

「赤ちゃん片手にまっしぐら……」

「へえ?」

「引き受けたわ」

私があんまりあっさりと引き受けたので、徳さんはしばらくぽかんとしていました。それから徳さんははっとして、

「そうそうあねさん、いい報せがありますぜ。親分が帰って来ました。さっき、踊ってらっしゃる最中に会社から、北岡さんて人から何度も電話があったという報せが入ったんで、みどり荘へ呼び出し電話をかけたんです。親分かんかんになってましてね、いきなり、やい、徳、女房がどこへ行ったか知らないか! とこうですよ。ここを教えときました。親分は頭を冷しに旅に出ていたんだ、と言っていましたが、もう気分はおさまったそうです……」

素ッ裸のままで、また二曲やりました。スローテンポの曲だと、じっくり見られてしまうおそれがありました。だから二曲とも速い曲にしました。

引っ込むと同時に、夫がおそろしい権幕で納戸部屋に飛び込んで来ました。

「み、み、見てたぞ!」

「あ、お帰んなさい」

「お、お帰んなさいじゃないよ、こ、この野郎! な、なんだって人前に……」

「働く必要があったの」

「お、おれが働くよ。お、お、おれは気持の整理がついた。し、し、死ぬまでおれは口上売に賭けるぞ。め、め、幻術(めくらまし)に賭ける」

「それよりあんた、赤ちゃんが出来たのよ」

「わ、わ、わ、わ……！」

夫はひどく吃(ども)ってなんだかわけのわからないことを叫びました。それ以来、三年になりますけれど夫はずーっと吃りっぱなしです。医師(せんせい)のはなしでは、私が人前で全ストで踊っているのを目撃したショックと赤ちゃんの誕生の知らせとを一遍に受けとってしまったのが原因だそうです。腹立たしいことと嬉しいことが一度に人間を襲うと、怒っていいのか喜んでいいのかわからなくなり、吃りになってしまうことがあるのだそうです。

口上売で客を思う存分めくらましにかけたいと決心した夫が吃りになるんですから、世の中っておかしなものです。夫は毎日子どもを背負って子守をしながら、パチンコをしています。私は小屋へ戻りました。小屋へ通う都合があるので、懐しいみどり荘からは引き揚げて、今、親子三人、清島町のアパートに住んでいます……。

天狗の鼻

一

上野駅から急行で奥羽本線を五時間ほど北上すると米沢という旧い城下町に着く。

山口県の萩市を歩くとやたらに夏蜜柑(なつだいだい)が目につくが、この米沢市に多いのは五加(うこぎ)の木だ。屋敷町の生垣はほとんどこの木である。五加は初夏に黄緑色の細花をつけるが、この木の若葉は食料になる。萩市の夏蜜柑は維新後の士族授産の名残りだそうだが、米沢の五加は江戸時代の飢饉(ききん)用の非常食で、これは名君上杉鷹山(ようざん)の智恵である。

もっともこれから書くことに米沢市も五加の木もまったく関係がないので、これでこの城下町の説明はおしまい。読者諸賢にはこの米沢から国鉄支線の鈍行に乗り換えていただき、米沢盆地をさらに北北西の方角へ這いのぼっていただかねばならない。なお、すこし差出がましいけれど乗り換えるついでに、この米沢駅の構内で牛肉弁当かすきやき弁当をお求めになられるようおすすめする。牛肉弁当には二五〇円と三〇〇円の二種あって、二五〇円のには肉片が八、九個、三〇〇円のには十二、三個入っている。どちらもすこぶる美味である。すきやき弁当には三〇〇円のものが一種しかないが、こっちもまた旨い。柔かい米沢牛の肉をくどくない程度に甘く煮付けてあって、その甘さが米沢米の端正な味によく適う。米沢米は糯米(もちごめ)のように粘りがあり、たとえば弁当の隅に箸を突き立てて、エイと持ちあげると、弁当の中の飯粒がいちどきにひとかたまりになって宙に浮くほどだが、しかもそれでいて決して赤飯のようにごわごわと硬くはないのだ。なんといえばよいのか……、もっともこれから書くことに米沢の牛肉弁当もすきやき弁当もまるで関係がないので、これらの駅弁にあまり拘泥せずに先へ進むことにしよう。いずれにもせよ、米沢駅を牛肉弁当やすきやき弁当を求めずに通りすぎる旅人があれば、彼は混浴風呂に目隠しをして入るようなもの、また万馬券を換金せずに破り棄てるようなもの、もうひとつ言えば時価坪二十万の地所を五百坪ほど持参金がわりにした土地持ちの娘（しかも美人の）に好かれてそれを素気なく断わるようなもの……、もっともたかが駅弁、それほどでもないか。

さて、鈍行で三十分行ったところで下車し、今度はバスで西へ向っていただこう。海抜二百五十米から三百米ほどの高原をのぼりくだりし、峠を四つ五つ越え、一時間ばかり揺られているうちに、バスは高湯という小さな温泉町に辿りつく。便利が悪いので遠方からはあまり湯治客も訪れず、まるで名を知られていないが、これから書こうと思う小さな事件は、この高湯町が舞台なのである。

このあたりの人たちは、山の中に数十坪ほどの平坦な空地を見つけると、「ああ、天狗の相撲場だ」と囁き交し、そこを神聖な場所と視て、立小便など決してしない。「天狗のつぶて」の罰が当ると信じているからである。

天狗のつぶてというのはどこからともなく拳大の石が飛来する怪現象のことだが、それはとにかくこの高湯町は、飯豊山(いいでさん)につながる海抜千米の山の中腹に点在する十数カ所の平地、つまり「天狗の相撲場」にしがみつくようにしてひろがっている。

いちばん下の天狗の相撲場は広さが三千坪もあって、ここが高湯町の中心である。三千坪の中に、バスの発着所や町役場や警察署や小学校や中学校がある。この下の平地から上方の平地へ急な石段道が左右に折れながら続いているが、この石段道が町のメイン・ストリートで、約三十軒の旅館やそれとほぼ同数の土産物屋が軒を並べている。全長二百米の石段道を登りつめたところにかなり広い天狗の相撲場があるが、ここは新山(しんざん)神社の境内になっている。

どんなに住みにくい所へ行っても、お国自慢のひとつやふたつはあるものだが、高湯の人たちは欲ばっていて、自慢の種を十も二十も持っている。

まず、空気がよい。これはわかる。

つぎに、眺望がよろしい。これもわかる。たしかに、晴れた日に新山神社の境内に立てば、右に蔵王(ざおう)、左に日本海、そして正面に国立公園の朝日連峰が一望のうちに眺められるのだ。

さらに高湯の人たちは、此処は四季折々の楽しみにも事欠かぬところだという。冬はスキーが出来る。野兎狩も楽しめる。勇気と冒険心に溢れた人たちなら、熊狩をするのもよかろう。春から夏にかけての高湯は山菜の宝庫だし、夏は飯豊山（二一〇五米）に登るのもよかろう。秋は紅葉が美しい。そしていつも湯が湧いている。

民俗学に興味のある人なら、高湯はさらに面白いところになるだろう、と町の人たちの自慢話はさらに続く。ここの新山神社には種つけ祭という奇祭がありましてねぇ。それがいったいどのような奇祭なのか、町役場発行の「高湯町観光の栞」から、その種つけ祭の項を引き写してみよう。

『……毎年、八月八日の正午、新山神社の拝殿に設けられた祭壇に太鼓を合図に黒紋付のお多福と印袢天の天狗が、仲人役の翁に案内されて登場するのが、この奇祭のはじまりです。

まず、翁の司式のもとに花嫁役のお多福が花婿役の天狗の前に炊き立ての飯を盛った御櫃を差し出します。この御櫃の中に、股に二尺ほどの竹筒をあてがった天狗が白酒をとくとくと流しこみ、これが婚礼の式。

婚礼の式が済むと、天狗がいきなり祭壇の床にお多福を押し倒し、夫婦和合の型になりますが、これが種つけ式。

種つけ式のあと、お多福は着物の前を八百八枚の懐紙で拭き、この懐紙を見物人の上に撒き散らします。この紙を《ふくの紙》といい、この《ふくの紙》すなわち《福の神》を拾った者は終生、貧乏神とつき合うことなく暮すことが出来るといわれております。

なお、この種つけ祭に使用される天狗のお面に是非とも御注目ください。この天狗の面は、江戸時代の能面づくりの名人越前の出目元休の作で、県の重要文化財の指定を受けている逸品です……』

民俗学に興味がなくても、女の裸に興味のある方なら、この高湯はなかなか楽しいところですよ、と町の中年男たちは旅の中年男たちに小声で自慢する。

「……といいますのはね、この八月の一日から新山神社の下の天狗の相撲場に定員五十名のヌード劇場が出来まして、これがなかなか凄いのですよ。オナニー・ショウはむろんやりますし、最後は劇場の経営者のハニー・ロイと、そのいとこのシャイアン・リーがレスビアン・ショウをやるんですが、これがあなた、男役のハニー・ロイが電動式の張形を握って、娘役のシャイアン・リーのべっぺや尻の穴へずぶずぶと差し込むんですから昂奮しますわ。電動式の張形ですからぶるぶる震えます。その震動がシャイアン・リーに伝播（でんぱ）して彼女のあのへん一帯の肉がぶるぶる……。じつに壮観ですぞ。県内の温泉場にヌード劇場の数は多いが、この高湯のはその凄さではまず第一でしょうな。え？　警察の取締り？　署長の米野吾助氏は中々五月蠅（うるさ）いようですが、そこをうまくかわし、上手にくぐって、やっているようですよ。まあ、話のタネに一度、御覧になった方がよろしい……」

まだまだ牛の涎（よだれ）よろしく高湯の町の人たちのお国自慢は続くのだが、このへんで打ち切ることにしよう。いつまで聞いていても際限（きり）はないし、それにこれから起る小事件の主役、米野吾助署長とヌードスターのハニー・ロイとシャイアン・リーの三人の名前も出たところなので区切りもいい。

二

八月七日、すなわち例の奇祭『種つけ祭』の前日の午前十一時ごろ、高湯警察署の米野吾助署長は、新山神社下の官舎から署までの数百段の石段を、一段おりては吐き気をこらえ、また一段おりては溜息をつき、さらにまた一段おりては頭をかかえ、蝸牛（かたつむり）のようにのろのろとくだっていった。

石段道を巡回中の金子岩雄巡査がその署長を見つけて心配そうに駆け寄った。

「どうなさったのですか、署長」

吾助署長が額に縦じわを寄せて手を振った。

「大きな声を出さんでくれ。二日酔なのだ。じつは明日の種つけ祭の天狗役がわしにまわってきてねぇ。昨夜（ゆうべ）は新山神社の社務所で、神主からその所作を教わっておったのだが、いつの間にか酒になってしまい、その酒を飲み過してしまったというわけなのさ……」

吾助署長はこれだけのことを五分もかかって言い、それから生欠伸（なまあくび）を連発した。

「天狗役をやられるのですか。それは大役だなぁ」

いたわりながら金子巡査は吾助署長に左肩を差し出した。

「よろしかったら肩におつかまりください」

「すまんなぁ」

吾助署長は素直に金子巡査に体を預けた。

「それで署長、お多福役は誰なのです？」

「町長だよ」

「ついでに伺いますが、翁役は？」

「教育長さ」

「町の名士が総出演ですな」

「まぁな。とんだところへ赴任してきたものだよ」

吾助署長は四十八歳、二十七年間、県下の警察署を転々とし、この三月に此処の署長におさまったばかりである。

「ところで県の教育委員会の文化財専門委員の一行はもう到着したかね」

「まだのようです」

前に紹介した町役場発行の観光の栞にもあったように、新山神社の天狗の面は、県の重要文化財である。その保存状況を調べるために、県の文化財専門委員の一行が、今日、高湯町を訪れることになっているのだが、調査とは表向きの口実で、湯治がてら奇祭種つけ祭の見物が本音だろうと、吾助署長は睨んでいる。

「……ほかになにか変ったことはないかね」

「あります」

金子巡査が急に立ちどまったので、吾助署長はよろよろとなった。

「じつはパール座ですが、少々目に余るので経営者のハニー・ロイと、彼女のパートナーのシャイアン・リーを昨夜、猥褻罪現行犯で逮捕しておきました」

「……ほんとかね」

「はあ。電動式の張形を局部に挿入するのはなんといっても激しすぎます。本県では恥毛が一本、ちらっと見えただけでも猥褻罪なのですから……」

吾助署長は今朝はじめて微笑した。

たしかにパール座の連中のやり方は目に余る。町長から「温泉町のヌード劇場なのだからすこしぐらい破目を外し、割れ目を見せたっていいじゃないですか。その評判が方々へひろまれば客も殖えます。ここはひとつ署長さん、少々の割れ目には目をつぶってくださいよ」と謎をかけられているが、目をつぶるにしても限度があるというものだ。

「……あとは署長におまかせします。どっちにしても、一晩中、留置場の蚊に責めたてられて、連中、骨身に沁みて応えたと思いますから」

署に辿りついた吾助署長はまっさきに留置場へ顔を出した。ハニー・ロイとシャイアン・リーの二人は、近くの旅館から取寄せたのだろう、野球場の一塁ベースほどもある大きな重箱の和食弁当を膝にのせ、さかんに箸と口とを動かしていた。

「元気がいいねぇ」

吾助署長が冷やかし半分に声をかけると、ハニー・ロイがじろりと見て、

「この道二十年、留置場入りは慣れているのさ」

と飯を嚙みながら言った。

厚い化粧をし七彩(なないろ)の照明(あかり)を浴びているときの彼女は二十六、七にしか見えぬが、日光に曝されているとやはり年齢は隠せない。魚屋のおばさんといった感じになる。黄金色に染めた髪の毛も真ッ昼間に見ると、なにやら珍奇である。

「だけどひどい藪蚊だねぇ、署長さん」

シャイアン・リーが重箱を置いて立ちあがり、そろそろとスカートをたくしあげた。

「みてごらん、商売道具の脚(あんよ)が蚊に螫られて台なしさ。どうしてくれる？　営業妨害よ」

なるほどシャイアン・リーの白い太股のあちこちに赤い点々が散っていた。

「それは警察の責任ではない」

吾助署長は生欠伸を殺しながら言った。

「君の寐相(ねぞう)が悪いからだ。毛布から大事な足を出すからだよ」

シャイアン・リーは脹れっ面をしてまた重箱をかかえ込んだ。彼女はまだ若い。男四、五人ばかり知った遊び好きな女子大生といった感じの娘である。

「……あたしたちをどうするつもりだね？」

ハニー・ロイが箸の先を吾助署長に向けて、二、三度突いた。

「せっかく開場したパール座がここでまた休んでごらん。高湯に来る湯治客がぐんと減るよ。埼玉以北で最も大胆で献身的なヌード劇場という評判がせっかく出来かかったところなのに、もったいないじゃないか、ばか」

「それがいかんのだよ」

「なぜさ。見せたって減るもんじゃなし、いいじゃないか」

「そういう台詞は、たいてい男の方が口にするものだがねぇ」

「とにかくこっちは必死なんだ。劇場の家賃はべらぼう、改造費はしこたまかかっている。留置場で遊んでいる暇はないんだよ。署長さん、たのむよ、出しとくれよ」

「出さないと約束するなら出してやってもいい」

シャイアン・リーがけっけっと笑った。

「出さないと約束するなら出してやってもいいだってさ。駄洒落がお上手なんだわァ」

シャイアン・リーのけたたましい笑い声で頭の鉢が割れるかと思われ、吾助署長は、両手でしっかりと頭をおさえた。

「……べつに洒落を言っているつもりはない。とにかくこれで懲りるんだな」

「……わかりましたよ」

ハニー・ロイが急に素直になった。

「これからは宝塚少女歌劇の線で行くわよ。清く正しく美しいヌード・ショウが旗印さ」

「それがいい。いま、係官を寄越そう」

立ち去ろうとした吾助署長の背中へハニー・ロイが言った。

「あ、署長さん、電動式のお道具も没収されているんだけどさ、あれも返してもらえるだろうね。あのお道具は東京で誂えたものなんだ。十万の巨費を投じてね」

「あれはしばらく預かっておく」

吾助署長が答えた。

「返すとまた今夜から使うだろう。そうなると、こんどは間違いなく二十二日間の留置場暮しだよ」

「舞台で使うんじゃないのよ」

シャイアン・リーが甘えた声をあげた。

「実生活で使うのよ。あのお道具なしで過す夜は寂しいわ」

彼女の口調は明らかに吾助署長をからかっていたが、彼はそれを咎めもせず、そこを去った。

二人の女の甲高い声で、本当に頭の鉢が割れてしまいそうだったからである。

署長室に入った彼は、ソファに倒れ込み、三時間ほど眠った。目を覚したのは二時すぎ、だいぶ元気が恢復していた。かすかながら食欲も出てきていた。そこで彼は近くのそば屋からざるそばを一枚取り寄せた。

午後四時すぎ、書類に決裁印を捺していると、町長と教育長と新山神社の神主の三人が、蒼い顔をして署長室へ入ってきた。

「……大変なことになったよ、署長」

町長が開襟シャツの襟をせわしなく開けたり閉めたりして風を呼びこみながら言った。どうしたことか声がかすれていた。

「大変？　なんです、いったい……？」

「……天狗の面が消え失せたのだ」

町長はくしゃくしゃにまるめたハンカチを出して額の汗を拭いた。

「……重要文化財がなくなってしまった」

吾助署長は愕いて眼を瞠った。

「ほ、ほんとうですか？」

「明日は祭だ。しかも、間もなく県の文化財専門委員がやってくる。こんなときにだれが冗談を言いますか」

「……それはそうだが、しかし、あんなものを誰が持ち出します？」

「それがわかれば、三人雁首並べて此処へ来たりはしないよ」

町長の額の汗は拭いても拭いてもすぐに滲み出してくるようだった。吾助署長は自分の背後にあった扇風機を町長の前に移動し、スイッチを入れた。町長は顔を扇風機の真前に置き、しばらくじっとしていた。黙り込んだ町長にかわって教育長が口を開いた。

「署長、文化財保護法という法律があるのだがのう、その第百八条にこういう規定があるんじゃよ。……重要文化財を盗み取られるに至らしめたときは三万円以下の過料に処する……」

「もちろん、三万円が問題じゃないんだよ」

神主がいまにも泣き出しそうな声をあげた。

「法に触れるということが問題なのだよ。あの天狗の面の保管者はこのおれなんだがね、このおれが下手をすると罪人になってしまいかねないのだ。それが困る。そうなっちゃおしまいだ」

「……わしと教育長は、法的には責任がない」

町長がひとつ大きな嚔をしてから言った。

「だが、この高湯の町にたったひとつの重要文化財を町長在任中に盗まれたとあっては、わしの評判に傷がつく。こりゃなんとかしなくてはいかん。署長、こうなるとあんたに頼むよりほかに方法はない。なにかいい智恵はないだろうかねぇ」

言い終って町長はまた嚔をひとつした。扇風機にあまりまともに当りすぎたのがいけないのだ。

「非常に政治的な匂いがしますな」

と吾助署長が考え考え言った。

「さっき町長も言われたように、明日は種つけ祭であの天狗の面は是非とも必要です。しかも、その前に今日は県の教育委員会から文化財専門委員の一行が、天狗の面の保存状況を調査に来町することになっている。なおさら天狗の面はなくては叶わない。それがもし、なければ……持主である新山神社の神主は満天下に恥をさらすことになり、時の最高責任者の町長の評判に傷がつき、文化財の保存に特に心を用いるべき教育長はいったいなにをしておるのか、という非難を浴びることになる。では、このことで得をするのは誰か」

「得をする……?」

「そうですよ、町長。あらゆる犯罪には動機があります。あなた方が評判を落すことによって得をするという動機を持つ者がこの町に居りませんかな?　たとえば町長、あなたには政敵が居りませんかな?」

町長はしばらく考えてからゆっくりと首を横に振った。

「政敵などと言うような御大層なものは別におらんわ。なにせ、わしはこの二十二年間、ずうっとここの町長をしておる。つまり町長選を五度も戦っておるわけだが、じつは正確には戦ったとは言えんのだ。五度が五度とも対立候補なしの無競争当選だからな」

「おかしい。居ないはずはないのだが……」

吾助署長は椅子から立ちあがって部屋の中をのっしのっしと歩き回った。

「きっと居るはずですよ」

「おらんよ、そんなものは……」

「よろしい。では動機から推理するのはひとまず中止しましょう。……あとでわたしも現場へ行くつもりでおりますが、天狗の面が消え失せたときの、その前後の情況はどうでした?」

「情況もへったくれもないんだよ、署長。昨夜、署長、あんたがあの面をかぶって種つけ祭の所作を稽古した……」

神主が説明をはじめた。

「終ってから、あんたから面を受け取って拝殿の正面に戻した」

「それで……?」

「今朝、拝殿で朝礼をしたときにはちゃんとあった」

「昼にはどうでした?」

「昼にもあった。午前中はずうっと明日のために祭壇を作っておったのだがね、作り終えて拝殿の外へ出るときにはたしかにあったのだ。それから昼寐をして起きて、ひょいと見るともうなくなっていた」

「昼寐をしている間、誰か境内に入ってきた人が居りましたか?」

神主はじれったそうに舌打をした。

「眠っている間のことを誰がわかるものか!」

「そ、それはそうですな……」

吾助署長は爪を噛みながら窓外に眼をやった。高湯では陽は背後の山の蔭に落ちるので夕暮れが早くやってくる。まだ五時前なのに目の前の山々の緑はもう青黒く変っていた。警察署の斜め向いにバスの発着所がある。そこにたったいまバスが着いて、次々に乗客を吐き出していた。明日の種つけ祭を目あてに繰り込んできた麓の村々の農夫たち、ばかでかいリュックをかついだ若者たち、きゃっきゃっと絶えず笑い声をあげている若い娘たちのグループ、あとからあとからバスを降りてくる。

と、最後に、三人連れの男がバスから出てきた。真夏というのに三人ともワイシャツにネクタイをしめ、上衣を腕にかけている。三人はしばらく、石段道の方を眺めあげていたが、やがて真向いの町役場へ歩き出した。

「どうやら文化財専門委員の御一行が到着したようです」

吾助署長は町長たちに窓の外を指し示してみせた。

「……役場へ入って行くところですよ」

「いよいよ来たか……」

吾助署長の傍に来て窓の外を見た町長が呻くように言った。

「署長、いったいどうしたらいい？」

「天狗の面の保存状況の調査を明日にしてもらうことですな」

吾助署長は答えた。

「その間にわたしはなんとか手を打ちます」

「どんな手を打つつもりだね?」

どんな手を打てばよいのか、吾助署長にはじつは皆目、見当がつかなかったので彼は町長の問いに答えずに署長室を出た。町長たちは心細そうにその後に従った。

虎の尾を踏むような思いでびくつきながら四人が役場へ入って行くと、文化財専門委員の一行と名刺を交換していた役場の職員が、

「あ、町長さん、皆さんがもうお着きになっておられます」

と頓狂な声をあげた。

「町長さんや教育長さんの姿が見えないものですから、わたしがこれから新山神社へ御案内しようと思っておりました」

「それはいかんよ、きみ」

文化財専門委員の一行に丁寧に頭を下げながら、町長は役場の職員をたしなめた。

「お着きになってすぐお仕事を、というのは失礼ですぞ。わが高湯は温泉町、まずは旅館に御案内申しあげ、ゆっくりと温泉に漬かっていただき、長旅で乾いた喉を谷川の水で冷やしたビールでたっぷりと潤していただき、しかる後に、御要望があれば新山神社へ御案内申し上げる。これがものの順序というものでしょうが……」

「いやいや、すぐに新山神社へ案内していただきたいとお願いしたのはわれわれの方なのですよ」

県庁所在地にある、国立大学文学部教授という肩書つきの名刺を差し出した、総髪の五十年配の男が、笑いながら言った。

「わたくしは能面についてはたいへんな興味を持っておりましてねぇ、それも、室町期の能面よりもなぜか江戸期の能面に心を惹かれておるのですわ。特に、こちらの天狗の面の作者である越前出目家の元休については、三十二頁の小冊子ではありますが、本を書いたこともあるのですよ」

教授の後にいつも影のようにへばりついている感じの三十五、六の長髪男が鞄の中から薄っぺらなパンフレットを五、六部摑み出した。表紙にはばかでかい活字で、

『元休の東北遍歴考』

と印刷してある。

「これが先生のお書きになった本です。元休は三十六歳のときに故郷の越前を出て、越後、出羽などを二年がかりで旅をしておりますが、先生は彼の足跡を克明に辿られ、そしてこの本をお著しになられたわけでしてね、一部ずつ差し上げましょう、どうぞどうぞ」

と言いながら長髪の男は町長たちにその薄い本を配ってまわった。たぶんこの長髪の男は教授の弟子なのだろうと吾助署長は睨んだ。

「自分で申すのもなんですがね、わたしは元休の作品はまず大抵は見ております。ですから向うから笑いかけてくるとでも言えばよいでしょうか、元休の作品は一見してわかりますねぇ」

ここで教授は口をすぼめて女のようにおほほほと笑った。

「ただ、不幸にしてこちらの新山神社の天狗の面は、今回が初対面でしてね、ほら、もうこんなに胸がどきどきしておるのですよ」

今度は教授は両手で左胸を抑えてみせた。

第三の男は、県の教育委員会からついてきた胡麻塩頭の四十男である。

「先生があぁおっしゃっていることですし、まず旅館にあがる前に、ちょっとお面を拝見したいのですがね」

町長たちは必死になって三人を思いとどまらせようとした。まず町長が、

「もうだいぶ暗くなってまいりましたし、黄昏（たそがれ）どきのおぼつかない光りや螢光灯の下などで御覧になってはせっかくの初対面の感動が薄れましょう」

正攻法で引きとめにかかり、教育長と神主が搦手（からめて）から攻めたてた。

「山の中ですから何の御馳走もありませんが湯上りに山の涼気、それに冷たいビール、これだけはどこにもひけはとりませんのじゃ」

「それに、ほろ酔い気分でヌード劇場を覗くのも結構なものですよ。警察署長の前でこんなことを言うのもなんですが、ここのパール座の女の子はずいぶん気前がいいんですからなぁ。何の惜し気もなくずばずば拝ませてくれますぜ」

「ヌードや冷やしたビールはどうでもよろしい」

教授が考え深そうな表情でかたわらの長髪男を振りかえった。

「町長がいみじくもおっしゃったように、螢光灯の光りで元休の天狗の面と対面するのはたしかにどうかと思われる。新山神社の拝殿に詣るのは明日の朝にしようかしらねぇ」

「そりゃもう、先生のおっしゃる通りですよ」

長髪男はなんだか急に浮き浮きした調子になって相槌を打った。

「なにもかも地元の皆さんにおまかせいたしましょうよ」

「きまりました、きまりました！」

町長は役場の職員に文化財専門委員たちの荷物を運ぶよう目配せしながら、景気のよい声をあげた。

「高湯第一の高級旅館昇龍館へ御案内！」

その声に釣られるように文化財専門委員の一行三人は役場の出口に向って歩きだした。町長はじつは昇龍館の当主である。若い頃はバスが発着所へ入るたびに、客の呼び込みをしていた。だからたっぷり年季が入っている。彼に声をかけられると、旅館に泊まる必要のない地元の人までがつい誘われてふらふらと四歩五歩、後について行ったものだそうで、その威力のほどはこのことからも知れよう。

文化財専門委員の一行を景気よく送り出しておいてから、町長は吾助署長に小声で言った。

「そういうわけだから、署長、頼みますぞ」

「天狗の面の行方を明日の朝まで突きとめろという一件ですな。わかっています。なんとか努力はしてみましょう」

「それもあるが、パール座の方もよろしくな」

「……はあ？」

「文化財専門委員の先生が、また今夜のうちに天狗の面と対面したいなどと言い出されると困るのだ。今夜は天狗の面など思いつかぬように、パール座の連中にたっぷりサービスするよう署長のほうからも一言、いっておいてほしいのだよ」

吾助署長は頷いて町長たちを送り出し、それからゆっくり時間をかけて煙草を一本灰にした。

三

午後七時ごろ、吾助署長は金子巡査を連れてパール座の楽屋に顔を出した。

「いやな男が二人も舞い込んできたよ」

鯵の干物で晩飯を掻き込んでいたハニー・ロイが、シャイアン・リーに言った。シャイアン・リーは鏡台の前で顔を拵(こしら)えていたが、署長たちの方を振り返る手間も惜しいと見え、鏡に向って舌を出した。

二人のほかに、女子バレーボールの選手のようにいかつい女、緑のワンピースに白エプロンをつければ奥羽線列車の食堂のウェイトレスといった感じの鄙びた女の子、金歯の初老の女、目尻と乳房と尻の垂れた中年女、近眼気味の目の細い女の子と、ヌードが五人いた。

「ふん、電動式の張形のほかにこんどは何を、あたしたちから取り上げるつもりさ」

シャイアン・リーは睫毛がなかなか思うように付かないので、いらいらしている。

「オナニー・ショウも禁止かい？」

「そうではない」

「じゃ、なにさ。言っとくけどね、署長さん、あたしたちはこれでも必死なんだよ。それに首の上にのっかってる頭の中には、ちょっぴりだけど脳味噌もつまっているんだからね。電動式の張形を禁じられても、また新しい手はちゃんと考えているんだ」

「ちがうんだよ」

金子巡査が大声をあげた。

「署長は別のことで来られたのだ」

「つまり、今夜は見て見ぬふりをするから、客にたっぷり見せてやってほしい」

「汚ったねェ」

ようやく睫毛を付け終えたシャイアン・リーが、その睫毛をしきりにしばたたきながら言った。睫毛はばかでかくて、彼女がしばたたくたびにばさばさと音を立てそうであった。

「そう言って安心させといて、出したところを、ふん縛るつもりなんだろ?」

「そんな卑怯な真似はしない。安心して商売に励んでいいのだ。約束する」

ヌードたちが歓声をあげた。

「ただし……」

その歓声を吾助署長は両手で鎮めた。

「今夜だけだ。明日からはまたびっしびし取締る」

「今夜だけでも有難いわ。今夜のことが評判になって一週間は客が突っかけてくるだろうからね」

言いながらハニー・ロイはお膳のあちこちにひっついた飯粒を拾い集め、それを前歯にこすりつけていたが、やがて、

「くどいようだけどなにをやってもいいんだね?」

と吾助署長に念を押した。

「なにをやってもいい、というわけではない。シロクロはいかん」

「それ以外はいいんだね?」

吾助署長は渋い顔をして頷いた。

「ようし、それじゃシャイアン・リー、かねて開発中のを本日発表しようか」

「いいわよ、ロイ姐ちゃん。客の度胆を抜いてやろうよ」

「……なんだね、そのかねて開発中というやつは?」

吾助署長が訊くと二人はけたたましい笑い声をあげた。

「秘密さ、秘密」

「あとで署長さんも見においでよ」

「……また電動式の、なにかかね?」

二人はもう彼の問いには答えず、急に真剣な表情になり、鏡の中の自分を相手に、顔をいじりはじめた。

「じっさい癪ですなァ、署長」

それから数分後、新山神社の急な石段を登りながら、金子巡査が吾助署長に言った。

「天狗の面さえ消え失せなければ、あの連中にあんな好き勝手なことは言わせておかんのですが」

「余計なことを考えてはいかんよ、金子くん、心を空っぽにして犯罪現場に立つのだ。そうすれば、現場は必ずわれわれ警官になにか語りかけてくる。なにか訴えかけてくる。それがきっと手がかりになる……」

「そういうものですか」

「そういうものさ。わたしは君ぐらいの年に、ある強盗事件の謎を見事に解いたことがある。この話をしたことがあるかね?」

「まだ伺っていません」

「うむ。わしが米沢の近くのKという町にいたとき、ある家に強盗が入った。主人が後手に縛られ額を薪のようなもので殴られ気絶していた。奪われた金は、六万五千円。二十年以上も昔のことだからこれはかなりの大金だった。賊の残して行った手掛りはただひとつ……」

「なんでした？」

「……尾籠（びろう）なはなしだが、裏口に脱糞がしてあった」

「はぁ……」

「わたしは心を空っぽにして三日間、その脱糞をただじっと眺めて暮した」

「頭がさがりますなぁ」

「そうだ、ただじっと頭をさげてその糞を見つめていたのだよ。いまでも瞼（まぶた）を閉じればあの色、あの形、はっきりと思い浮べることができる……。三日目になって、わたしはふっとその糞がなにか訴えかけているような気がした。むろんこのわたしにだ」

「はぁ」

「わたしは謙虚にその訴えに耳をかした」

「で、糞は何と訴えておったんですか」

「糞をはさむようにして足跡があったのだよ。下駄のあとがね」

「下駄ですか？」

「そうだ、下駄だよ。それは脱糞者の下駄のあとにちがいなかった。糞は更にわたしに語りかけてきた。『おまわりさん、強盗が下駄はいて来るかしら』とね」

「なるほど」

「わかったかね?」

「わかりました。その脱糞は家の中の誰かの仕業(しわざ)だったのですね」

「えらい。その通りだ。それは見せかけの脱糞だったのさ。わたしは直ちにその家の主人を署へ連行した。間もなく奴は狂言強盗を自白したよ。思えばあれがわたしの一番手柄だったな……」


話しているうちに二人は境内に着いた。もう日はとっぷりと暮れ、頭上には降るような星空がひろがっていた。境内のあちこちで白いまるいものがゆらゆらと揺れている。たぶんそれは涼みにやってきたアベックたちの団扇(うちわ)だろう。

社務所から洩れた灯が、ぼんやりと拝殿を照していた。吾助署長は拝殿の前に立って、正面を見あげた。正面に、明日の種つけ祭に使われるお多福と翁の面が掲げられている。このふたつの面の間に天狗があったのだ。

なぜ天狗の面なのだろうか、と吾助署長は考えた。お多福の面でも翁の面でもよいはずなのに、なぜ天狗なのだ? 県の重要文化財だから盗まれたのだろうか。重要文化財をくすねて犯人はいったいどうしようというつもりなのだろう。売り飛ばすわけには行くまい。すぐ足がつく。こっそり部屋に飾ってたのしむつもりか……。

「……署長」

金子巡査がそっと声をかけてきた。

「なんだね?」

「現場がなにか語りかけてきましたか?」

「いやまだだ。君はどうかね」

「こっちもまだです」

「気を落すことはないのだよ、金子君。語りかけてくるまでここに立っているだけのはなしさ」

「しかし、今回は時間があまりありません」

「お、そうだったか……」

「今夜中になにか手を打たないと、新聞種になってしまいます」

「わかっておる」

「署長……」

「なんだね?」

「あのお多福と翁の面との間に天狗の面があれば問題は解決するのではないんですか?」

「それはそうだが……」

「このへんの旧家を天狗のお面がありませんか、と一軒残らず当ってみましょうか」

「それで……?」

「よさそうなやつを、あの間に飾っとくのです」

しばらく吾助署長は考え込んでいた。

「どんなものでしょうか？」

「明日の種つけ祭の所作事は偽物の面でも胡麻化せるかもしれん。だが、あの文化財専門委員の大学の先生はどうする。胡麻化しきれるかね？」

「あの先生は今夜は酔っぱらっているはずですね？」

「ああ。そしていまごろは町長や教育長やここの神主たちと、パール座へ繰り込んでいるさ」

「宿へ引きあげたところでまた酒を飲ませ、そこへ偽物を持ち込むという手もあります。明日は種つけ祭でゆっくり見られますまい、そこで今夜、お持ちいたしました、と言ってです」

「す、するとなにか、きみは警官でありながら、県の文化財専門委員をペテンにかけようというのかね」

それは厳しい口調であった。金子巡査は闇の中で赤面した。

「すみません。ただいまの下らぬ考えは撤回いたします」

「……いや、撤回せんでもよい」

吾助署長は急にやさしい口調にかわった。

「現場が語りかけてくるまで待つ時間はわれわれにはないのだ。町長の、教育長の、そしてこの神主の名誉を守るためには、もはやそれぐらいの方法しかあるまい。あとはペテンが露見せぬように、新山さまに祈るだけだよ」

ふたりの警官は、それからずいぶん長い間、拝殿に向って手を合せていた。

四

八時を廻ったころ、パール座の客席にふらりと吾助署長が姿を現わした。偽物の天狗の面探しを金子巡査にまかせ、文化財専門委員の一行と合流するために、やってきたのである。

「おッ、おまわりだぜ」

制服の吾助署長を見て観客たちがどよめいた。

「おい、やばいぞ！」

「隠せよ、早く！」

舞台に敷いた布団の上でオナニー・ショウを演じていたヌードに大声で教える客も多かった。

「大丈夫なんだよ」

ヌードは股間の繁みを擦り続けながら客に言った。

「今夜は内臓までさらけ出しても手入れは無しなのさ」

言ううちにレコードが終りに近づき、ヌードはごく事務的に絶頂に達し、ブリッジで相手の攻撃を防ぐレスラーのように布団の上で弓のように反った。レコードのエンディングでヌードはがっくりとなり、長々と寝そべる。次のレコードが始まったが、ヌードはなおそのまま。やがて客席のあちこちで拍手が起った。ヌードはのろのろと立ち上り、腰までしかない丈の短いネグリジェを羽織り直した。また拍手の音。

「あ、上手の方のお客が熱心だな」

ヌードは蓮っ葉な調子で呟き、上手へ出て、力士のように蹲踞の姿勢になり、前を割って見せた。その割れたところへ吸い寄せられるように客の頭が集まる。まるで真空掃除機の前の塵のようである。文化財専門委員とその弟子の動きは殊に素早いように、吾助署長には思われた。

女が立ち上って下手へ移動しようとしたとき、文化財専門委員とその弟子は、彼女に猛烈な拍手を送った。二人にひきずられて、上手一帯の客がまた手を叩く。

「ほんとうに好きだねぇ」

女は苦笑いして元へ戻り、今度は右足を深く曲げて尻を支え、左足を横に長くのばし、

「ちょっとだけよ」

と言いながら、右手の人さし指と中指を例のところに押し当て、やがてその二本の指を逆V字型にぐいと開いた。指の間から淡い桃色の突起物が現われ、それが照明に照らされてきらりと光った。

待ち切れなくなった下手の観客がさかんに手を叩く。上手の観客は女を下手へは渡さじと負

けずに拍手する。

(なんとまぁ浅墓な男たちであろう……)

吾助署長は心の中で嘆いた。手で触れることが出来るわけではない、指を突っこむことが出来るわけでもない、ましてや舐めたり出来るわけでもない、ただ眺めるだけのために、なぜ掌が熱くなるほど男どもは手を叩くのだ。それに男どものあの真剣な眼はどうだろう。彼等はもはや色欲性欲まるで関係のないような眼をしていた。ただひたすら、なにかえもいわれぬ尊きものの来迎を待ち望むような一途な眼の色、眼の輝きである。

(これだからちかごろの女どもはつけあがるのだ!)

吾助署長はすこしずつ腹が立ってきた。男どものひたむきさに較べ、舞台からエプロンへとだらだら移動する女のいい加減な態度はどうだ。男どもは皆千五百円という安からぬ特別料金を払っているのだ。千五百円払えば売り手と買い手、見せ手と見せられ手、五分と五分、同等ではないか。「見せて下さい」「はい、見て下さい」と快く見せ、素直に見る、これがまっとうな関係、正しい商取引というものだ。なのに「もっと拍手」と吐かし「拍手しないと見せないよ」とほざくのは思い上りもはなはだしいではないか。見せたからって偉いというものではあるまい。また見せてもらうからといって卑しいというわけもあるまい。

「こら!」

吾助署長は、己れの職業を忘れ、いかにも不機嫌に、いかにも出し惜しみをし、そしていかにも事務的に、客の前に開陳して歩いている女に向って思わず怒鳴った。

「どうしてもっとやさしく見せてやろうとはせんのだ。これだけ大勢の男たちに、見せてほしいとねだられるなぞ、女冥利に尽きるはなしではないか。もっと見せなさい。もっとおっぴろげなさい……」

ここで吾助署長ははっと己れの職業に思い至り、急に小声になったが、一旦口から出た言葉を呼び戻し呑み込むわけには行かぬと思い定め、半分は自棄で、こうつけ加えた。

「警察が言っておるのだ。なぜもっと男にやさしく出来んのか！」

客席から拍手が湧いた。むろんそれは女へではなく、吾助署長に対する拍手だった。一方、女は急に愛想がよくなり、劇場を埋め尽した百名ほどの男たちのひとりひとりに、満遍なく下の口を綻ばして見せた。

曲が変ってハニー・ロイが登場し、ゆっくりと舞台やエプロンステージを歩き回った。またちがう曲になった。ハニー・ロイが引っこみ、シャイアン・リーがかわりに現われた。彼女もハニー・ロイと同じに、ただのろのろと歩き回り、曲が終ると同時に引っこんだ。

なんというずぼらで怠惰な二人であることか、と吾助署長が腹を立てているうちに割り緞帳が閉じ、またすぐに開いた。いつの間にか舞台に布団がのべてあった。新しい曲がはじまった。シャイアン・リーが薄物ひとつで現われごろりと布団の上に横たわる。そして、自分の手で乳房を揉んだり、躰をくねらせたりしはじめた。

(おお、どうやら彼女は悶えておるのだな)

吾助署長がそう思ったとき、上手から紫の風呂敷包みを抱いたハニー・ロイが登場し、シャイアン・リーのかたわらにひざまずき、静かにリーの躰を舐めまわしはじめた。

(そうだったのか。これが噂に聞くレスビアン・ショウなのか)

そのとき、ハニー・ロイが紫の風呂敷包みをほどき、真紅の、張形のようなものを取り出した。彼女はそれを手早く己れの下腹に取り付け、シャイアン・リーの膝をぐいと左右に開くと、すっとその間に割り込み、リーの股間にぐいとそれを突き立てた。

この瞬間、吾助署長はさっき新山神社の境内で己れに課した「なぜ天狗の面か」という問いが解けたと思った。

(ハニー・ロイが自分の下ッ腹に取り付けたのは県の重要文化財の天狗の面。電動式より凄い新開発のテクニックとはこれだったのか)

観客は総立ちになり、すこしでも天狗の鼻の動きのよく見える位置を探して、どどどど、土間を踏み鳴らして移動した。文化財専門委員の一行も、そして町長たちすらも、あまりの思い切った演出で目くらましをされたのか、いま、男どもの熱い想いを代表しシャイアン・リーを突き刺している長い赤鼻が問題の天狗の鼻であることに気がつかず、二人の演技者が熱演のあまり躰の向きを変えるたびに、よく見える方へ、さらによく見える方へと右往左往を繰り返していた……。吾助署長は客席を脱け出し、楽屋へまわった。

五

五分ほど経ってから、楽屋へハニー・ロイとシャイアン・リーが戻ってきた。二人とも躰が汗でうっすらと光っていた。

「どうだった、署長さん、いまの天狗レスビアンは？」

「驚いたな」

「でしょう」

「そうじゃない。行方不明の天狗の面がいきなり出てきたから驚いたのだよ」

吾助署長は、ハニー・ロイが右手にさげて持っていた紫の風呂敷包みをひったくった。ゆるく包んであったらしく、ひったくった拍子に天狗の面が畳の上に落ちた。吾助署長はそれを丁寧に持ちあげて、

「おまえたちは、この天狗の面をどこで手に入れたのだ？」

と二人に訊いた。

「新山神社の拝殿から持ってきたのだろう」

二人は顔を見合せてにやりと笑った。

「留置場を出たあとね、あんまりくさくさするから、新山神社まで行ったんだ。高いところに登ればすこしは気も晴れるだろうと思ってね」

ハニー・ロイが説明をはじめた。

「そしたら、拝殿に天狗のお面が掲げてあった。見た途端に、あ、これだとぴんと来たの。電動式のあとは天狗しかないとね」

「くだらないことを思いついたものだ。おかげでこっちはこの半日、どれだけ気を揉んだか……。おまえたちはこのお面をいったい何だと思っているのだね」

「べつになんとも思ってやしないよ」

シャイアン・リーがせっせと化粧を落しながら答えた。

「ただ、鼻の形がなにかにそっくりだと思っただけよ」

「これはたいへんな文化財なのだ」

「ブンカザイ……？　なんなの、ブンカザイって？」

「文化財というのは……」

言いかけて吾助署長は説明を諦めた。なんだか莫迦らしくなってしまったのだ。

「……署長はこちらですか？」

そのとき、楽屋口へ若い警官がひとり顔を出した。

「金子巡査が、例のものを手に入れたと言っていました。それを署長に報告してほしいと頼まれまして……」

「例のもの？」

「はぁ、そう言えばわかるそうですが……」

偽物の天狗のお面のことだな、と吾助署長は心の中で合点した。

「署で待機しているそうです。呼び出しがあればどこへでも例のものを持って参上すると言っていました」

「では……ひとまず、このお面を金子巡査に手渡しておいてくれ。これが例の、、、ものだと言うのだ」

「はっ」

警官は天狗の面を吾助署長から受け取ると楽屋口から姿を消した。

ハニー・ロイが冷蔵庫からビールを出してきた。

「……とにかく天狗レスビアンは大成功。明日も大入満員は疑いなし」

吾助署長はハニー・ロイの注いでくれるビールをコップで受けながら、

「明日からは恥毛一本見せても逮捕するからね、そのつもりでいたまえ」

と言った。

「そうは世の中、甘くはないよ」

一気にコップを空にして、吾助署長はパール座を後にした。

昇龍館でも酒盛がはじまっていた。

高湯に到着したとき、出目元休のお面について、あれほど情熱をこめて語っていた文化財専門委員は、いまや出目元休を完全にシャイアン・リーに乗りかえ、彼女を素晴しいと唸って盃を空にし、盃を空にしては素晴しいとまた唸っている。

吾助署長は文化財専門委員の盃に酒を注ぎながら訊いた。

「ところで先生、例の出目元休作の天狗の面ですが、どうなさいますか?」

「……どうなさいますかというと?」

「こちらはいつでも御覧に入れることができますがね」

町長たちがさっと蒼ざめて吾助署長を見た。それへ大丈夫と指で輪を作って合図を送り、

「いまお持ちしますか。それとも、明日の朝、頭のさわやかなときになさいますか」

「きみ、気に障(さわ)ることをいうねぇ」

文化財専門委員は口をすこし尖らかした。

「これっぽっちの酒で正体をなくすようなわしだと思うのかね。よし、いま持ってきていただこう。酒を舐めながら出目元休とご対面などというのも粋なものだ」

吾助署長は銚子を運んできた女中に、署で待機している金子巡査に電話をするように頼んだ。

間もなく金子巡査が座敷に顔を出した。

「署長……」

　金子巡査は吾助署長の耳許に口を寄せて小声でいった。

「例のものを持ってきました。隣の座敷にひとまず置いてありますが……」

「隣座敷？　ここへまっすぐ持ってくればよいのに」

「そうはいきません。行李（こうり）にひとつ集まりましたから……」

「行李にひとつだと？」

「はぁ、ざっと三、四十はあります。この高湯は山の中、天狗が守り神、どこの家にも古い天狗のお面がありましてねぇ、いちばん、よさそうなものをお選び下さい」

　不吉な予感に襲われた吾助署長は、一座の者がびっくりするような勢いで立ち上り、隣座敷に駆け込んだ。

　たしかに、座敷の隅に置かれた行李の中には同じような天狗のお面がぎっしりとつまっている。

「わ、わしがパール座から届けさせたお面はどれだ」

　半分怒鳴っているような声だった。金子巡査はびくっとして、えー、一番上に置いたはずですが、どれだったっけなどと呟きながら、お面の一枚一枚手にとって、正面から眺め、横から視（み）、裏を引っくりかえし、紐を調べはじめた。

「どうした、わからんのか！」

　吾助署長の声はもう怒鳴っていた。

「……どうも、どれもこれも似たようなやつばっかりですね」

「ばかもん、わたしがパール座から署へ届けさせたやつが、正真正銘の出目元休の作だったのだぞ」

今度は金子巡査が蒼くなった。

「ま、まさか……！」

「本当なのだ」

「わ、わたくしは、署長が『例のものだ』と言付けてこられたので、署長もてっきり、どこかの旧家から、それらしい天狗の面を掘り出されたものだと思っておったのです。あれが本物だとは……！　しっかりと見ておくんだったなぁ。いや、別にしておくべきだったなぁ」

「繰り言はよせ！　それよりも早く探すのだ」

「しかし、なにか手がかりがないと……」

吾助署長はしばらく目を閉じていたが、急にかっと目を剝いて、

「紐の色が赤だった。これだけははっきりしている」

と叫んだ。だが、紐の色の赤いお面は八枚もあった。

「ほかに手がかりは……？」

「そ、それが憶い出せん」

八枚の、似たようなお面を前に途方に暮れていると、文化財専門委員やその弟子や町長たちが顔を覗かせた。

「いったいなんの騒ぎかね?」

吾助署長はこれまでの全経過を一同に話した。

「ふん。別に騒ぐにあたるまい」

文化財専門委員が言った。

「元休作の面には、裏面にすべて元休と墨で書き入れてあるのだからな」

「ところが先生、わたしどもの新山神社にあるお面は、裏側が顔の脂と垢とで真っ黒、文字など一字も見あたりませんでしたよ」

吾助署長がこう言ったのでまたひと騒ぎはじまった。

やがて、文化財専門委員が赤紐のお面八枚の中から、裏面が真黒になっているものを三枚選びだした。

「……この三枚のうちのどれかが元休の作であることは確かなのだが」

と文化財専門委員が悲しそうな声で言った。

「その先がわからん。どうにも判断がつかぬ。たとえばこのお面だが、鼻は元休に間違いないのだが、眼がちがうように思われるし、こっちのお面は口は元休なのに頬のあたりの感じが一発どうもぴんと来ぬのだ。それからこれは、どこもかしこも元休だが、顔の輪郭がまるでちがう……」

とこのとき、突然吾助署長が大声で叫んだ。

「シャイアン・リーならわかるかもしれん！」

三十分後、座敷の隅の金屏風の蔭で、三つの天狗の鼻を、ハニー・ロイの手で自分の躰の凹部に嵌め込み、うふんとかあはんとか妙な声をあげていたシャイアン・リーが、金屏風の向うから上気した顔を出して言った。

「わかったわよ。今夜の天狗レスビアン・ショウに使ったお面はこれ……」

屏風の上に問題のお面を掲げようとしたシャイアン・リーの手を、ハニー・ロイが押えた。

「待った！　シャイアン」

「どうしたのよ、お姐さん……？」

「いいからシャイアン、まかしといて」

ハニー・ロイは吾助署長のほうを向いた。

「どうしても本物のお面がどれかつきとめたいわけね？」

「そ、そりゃもちろん……」

「じゃ、取引きしましょう」

「ど、どんな？」

「パール座で以後天狗レスビアンは天下御免……」

吾助署長は唸った。

「でなくちゃいやだよ」

「しかし、シャイアン・リーの選ぶお面が、本物だという証拠はどこにもない……」

「なにをいってんのさ。あたし以外にお面の真偽を鑑別できる人はいないないなんて泣きついてきたくせに」

ここでシャイアン・リーは胸を張っていった。

「あたしのあそこは記憶力がとってもいいのさ。一度咥え込んだものは決して忘れないいんだ。鼻の反り具合から見て本物はこれだね」

シャイアン・リーは屏風の向うからお面を一枚、座敷の真中へ放り投げた。一同は吻として気が抜けて、お面のまわりにへたりこんだ。見ると天狗の鼻がかすかに濡れている……。

いけにえ

一

もしも天主様がお望みなら、わたしはママを殺さなくてはならない。

この決心がはっきりとついたのは、この間の午後のことです。その日の午後、学校の帰り、わたしは仲よしのたつ子さんと四谷駅の下りのホームの、赤坂離宮(りきゅう)に近い方で、電車の入ってくるのを待っていました。

たつ子さんもわたしも家は四谷にあります。たつ子さんの家は大きなおそば屋さんで、わたしの家は喫茶店なんです。家が四谷なのにどうして四谷駅から電車に乗ろうとしていたかといいますと、新宿へ辞書を買いに行こうと思っていたからなんです。

わたしたちの通っている高校は四谷駅のすぐそば、市ヶ谷の方から電車でくると左手の土手の向うに学校の屋根が見えます。カトリック系の女子高です。英語は外人の童貞様(シスター)が教えてくれます。彼女はマリア・テレジアといってアメリカのコロラド州のデンバーの生れだといっていましたけど、とても美人なんです。わたしのクラスにもこのテレジア童貞に憧れている子がずいぶんいます。彼女はいつも長い指揮棒のようなものを持っていて、宿題や予習をやってこない生徒の机をびしびしと叩くのが癖です。だからその棒の先は叩かれているうちに柔かくなって繊維がほぐれ、まるでしなやかな鞭のようです。テレジア童貞に憧れている子たちは、彼女の棒が耳もとでひゅーっと鳴ると、躰がさっと縮むような気がして、それがたまらなくいい、なんていっています。わたしにはその気持がわかりません。だから、その子たちがテレジア童貞の棒の鳴る音がききたいばっかりに、わざと叱られるために、宿題や予習をやってこない、という気持もいっそうわかりません。わたしはそれよりもだれもいない学校の御聖堂にとじこもって、全裸のイエズス様をじっと見つめている方がずっといいと思います。

放課後から陽が沈んであたりが薄暗くなるまでの数時間、御聖堂に籠っていたことがありました。ふた月も前のことです。一度でも目を離すと、イエズス様は薄暗がりの中へ消えて行き、二度とそのお姿を見ることができなくなるような気がして、わたし、喰いつくように、あの人を見つめておりました。そのとき、ふっとあの人が身動きをなさったんです。白い腰布が下かららむくむくと動いたのです。はっとして身体を乗り出すと、今度は唇がかすかに動いて、その唇から、

「……あさ子、痛いよう！　苦しいよう！　あさ子、辛いよう！」

ということばが洩れました。もちろん、これは錯覚です。でもそのときはほんとうのような気がしました。

「イエズス様！」

わたしはセーラー服の襟元のスカーフを引き抜き、胸元を押しひろげ、夢中でこういってい

ました。

「あなたの代わりをさせてください！　あなたを貫く槍の穂先を、代わりにわたしに受けとめさせてください！」

わたしは自分の爪を胸に立て、爪にありったけの力をこめました。爪の先が胸に喰い込んでとても痛かった。でも、その痛みはだんだんしびれのようなものに変って行き、なぜだかうっとりした気分になってしまっていたのです。しびれが治って行くとき、しびれの切れたところがちりちりして感覚が鈍くなってしまうときがあります。だるいような、暖かいような、へんに和やかな気分、あれと同じでした。

そのとき、夕べの祈りを捧げるために、童貞様たちが入ってきたので、わたしは大急ぎでスカーフをしめ直し、御聖堂から出ました。

（わたしはあの人から選ばれたんだわ）

と、そのとき、わたしは思いました。

（わたしはあの人の苦しみを代わって受けるようにと選ばれたあの人の女兵士なんだわ。そして、あの人に代わってこの世に正義を行うために選ばれた女兵士……）

わたしはだからいま公教要理を勉強しています。公教要理を一行も余さず暗誦して、御復活の大祝日に洗礼を受けようと思っているんです。

話がすこし道草をくってしまいました。その日、たつ子さんと新宿へ辞書を買いに行く気になったのは、英語の時間に、テレジア童貞に二人とも叱られたからです。たつ子さんもわたしも中学一年のときに買った辞書を、そのまま引き続き使っていました。

「あなたがたはもう間もなく高校二年生です。もっと厚い辞書を使うべきです。そんな、単語帳に毛の生えたような辞書を使っていては、英語の力がいつまでもつきませんよ」

テレジア童貞はそう言いながら、たつ子さんとわたしの机を軽く叩きました。それで新宿へ行くことにしたのです。

電車はなかなかやってきませんでした。わたしたちは電車通学じゃありませんから、よくわかりませんが、順法闘争とかいうののせいで電車が遅れているらしいのでした。

陽当りの悪いホームで、身体が冷えびえしてきたので、足踏みしながら待っているうちに、ふとたつ子さんが言いました。

「あさちゃんとこのパパ、このごろ、すっかり有名になっちゃったじゃない?」

「そう……?」

「今朝の新聞に出てたわよ。火の中から赤ちゃんを救い出した毛糸の帽子の英雄って」

「ああ、出てたわね」

「へえ、冷たい人ねえ。他人事(ひとごと)みたいな言い方をしてるわ。あさちゃんはパパが嫌いなの?」

「大好きよ。イエズス様と同じくらい大事な人だわ」

「じゃァ、どうしてパパが英雄だと書かれているのに嬉しそうな顔をしないの?」

どうしてなのか、わたしにもわかりません。パパは今年に入ってから二度も火事を発見して、小火（ぼや）のうちに消しとめたり、焔（ほのお）の下をかいくぐって赤ちゃんを助けだしたりしていました。そして、そのたびに新聞に載り、その日の朝などは、テレビのモーニング・ショーにも出ていました。パパはそのたびに、内心は得意に違いないのに、それをひた隠しにし、というよりは世間の表面に押し出されるのはひどい迷惑だとでもいうような渋い表情でママに「また新聞に書かれてしまった」とか「モーニング・ショーから出演を頼まれちゃってねぇ」とこぼすような口調でいうのでした。パパは照れ屋なんです。

ところが、ママはそんなパパを相手にもしません。居間の絨毯（じゅうたん）の上にパジャマのままでべったりと坐りこみ、蜜柑をむしゃむしゃたべ、髪の毛をくしゃくしゃ掻き廻しながら、スポーツ新聞の競馬欄かなんかを夢中で眺めているのです。

「よかったわね」とひとことでいいから言ってあげればパパはずいぶん喜ぶのに、と、わたしはそのときに思いました。ママはだらしがないけど美人なんです。パパは彼女が大好きなんです。パパはその大好きな女（ひと）のほめことばが欲しいんです。

だけどママはパパを無視して、馬の名前をぶつぶつ言っていました。パパはしょんぼりしながら、毛糸の帽子を深くかぶり直して、部屋から出て行きました。

そしたらママは背伸びをしながら立ち上って、

「ああ、せいせいしたわ。あの毛糸の帽子を見ていると息がつまってしまう……」

と、大声で言って、わたしの横に坐って、御飯に玉子をかけ、騒々しい音をたててかきこみはじめました。

このママがわたしのほんとうのママではないからって、辛い点をつけているのではないんです。競馬の馬よりパパの方にもうすこしやさしい気持を向けてもらえたら、といっているだけなんです。

「なぜ、あさちゃんのパパはいつも毛糸の帽子をかぶっているの？」

たつ子さんが訊いてきました。

「ずっと前にやはり火事で、頭に大火傷をしたのよ。頭の右半分がてろてろになって残っているわ。それを隠しているの」

わたしがそう答えたとき、向い側の快速電車の停まるホームが騒がしくなりました。

「そいつを捕まえてくれ！」

という男の声がしました。

見ると、向いのホームを若い男がもの凄い勢いで走り抜けようとしていました。その後をレインコートの裾を尻尾のようにひらひらさせながら二人の中年の男が追いかけています。

「そいつを捕まえてくれ！」

レインコートの男のひとりがまた叫びました。若い男は赤坂離宮口の方へもう二十米くらいのところまで走り抜けていました。差は十米以上もあります。それに若い男はとても速いんです。捕まえることはできないな、とっても無理だな、とわたしは思いました。

そのときです。赤坂離宮口からホームへ降りて来た学生が、レインコートの男の声を聞きつけて、若い男の前に立ちふさがったんです。学生は四、五人いました。これで赤坂離宮口へ抜けるのは無理になりました。若い男は急に立ち止まろうとしましたが、勢いがついていたので前へつんのめって転んでしまい、ホームから上りの線路へ落ちてしまいました。そしてそこへ、上りの快速電車が突入してきたのです……。

快速電車はけだもののような声をあげて急停車しました。レインコートの男たちは線路に飛び降り、電車の前を横切って、電車の後方をのぞき込むようにし、それから顔を見合わせながら溜息をつき、電車の蔭にかくれて見えなくなってしまいました。

電車にはねられた若い男が死んでしまったのかどうかはそのときはわかりませんでした。けれども、レインコートの男たちが、電車の向うに姿を消すときに急がなかったところを見れば、若い男はもう逃げることのできない状態、死んだか大怪我をしたかのどっちかだろうってことはわかりました。

たつ子さんとわたしはもう新宿へ辞書を買いに行くどころではなくなってしまい、蒼い顔をし、わけもなくぶるぶる震えながら、家へ帰りました。

わたしの家は四谷駅から新宿の方へ向って一分ぐらい歩いたところにある、五階建のビルです。地下と一階から三階までは喫茶店で、四階は住み込みで働くお店の人たちの部屋がいくつかあります。そして五階をパパとママとわたしが使っているんです。小さいビルですからエレベーターなんかないんです。お客さんの使う階段をとことこ登るんです。

店に入ったとたん、なんか変だな、という感じがしました。椅子を区切るために置いてあったリースの熱帯樹が倒れたり、椅子や卓子がひっくり返ったりしているんです。

「あ、お帰りなさい」

床にこぼれていた砂糖を棕櫚ぼうきで掃き集めていた幸子さんがわたしに声をかけました。幸子さんはうちにもう十年近くもいる人で、ママとほとんど同じころにお店にやってきました。ママはそのあとですぐにパパと結婚しましたけど、幸子さんはずーっとレジ係をしているんです。

「どうしたの、幸子さん? まるでお店の中を台風が通り抜けて行ったみたいじゃない?」

「台風じゃないのよ。通り抜けて行ったのは結婚詐欺男よ」

「結婚詐欺……?」

「奥さんがいるのに、手当り次第に女の子を欺して金を巻き上げていた男がね、この店で何番目かの娘さんと逢うことにしたらしいの。むろん、お金を持ってこいってわけ。でも、その娘さんはおかしい、欺されているんじゃないかとぴんと来て、警察に届け出たのね」

「それで……?」

「それで、刑事さんたちが、その娘さんのかわりにお店に張り込んだわけ。どうも変だと思ったわ、レインコートを着た目つきの鋭い男の人が二人も、昼からずっとコーヒー一杯で粘っているんだもの……」

ホームを走りながら「そいつを捕まえてくれ！」と叫んでいたレインコートの二人組は刑事だったんです。そうすると、あの若い男が結婚詐欺男だったんでしょう。

「……そのうちに若い男が入ってきました。いい顔をしてたわ。それにいい洋服着てね。もっとも顔と洋服は商売道具だから、よくて当り前、よくなくちゃ商売が成り立たないんだろうけど……、恰好いいサングラスをかけてたわね。でね、その若い男が席に坐るとすぐに二人の刑事がすっと立って、そばへ寄ったわ。ところが、その若い男はぴんときたのね、つっと立ってレジのそばでわたしと話してたママをいきなり羽交い締めにして……」

「ママを?!」

「そう。ポケットからナイフを出して〝近寄るな！　でないとこの女の首を刺すぞ！〟まるでテレビの『キイハンター』かなんか見ているような気がしたわ」

「そ、それで……?」

「刑事さんがひるんだのを見て、その若い男は表へ飛び出した。これが、ここで、たったいま起ったことのすべて。ほんとうに凄かったのよ。あさちゃんももうすこし早く帰れば見物できたのに」

わたしはもっと怖しい光景を見たのよ、と幸子さんに教えてやりたかったのですけど、やめました。やはりママのことが心配だったんです。

「で、ママは？」

「部屋で寝てるはずよ。首をぎゅっと摑まれたので痛い痛いっていってたから」

「パパは？」

「モーニング・ショーからゴルフへ行かれたって聞きましたよ、ママから……」

それでわたしは大急ぎで階段を登って行き、居間のドアをあけました。

ママがソファの上にのけぞるようにして掛けていました。スカートは絨毯の上に投げ捨ててあり、ママは白い太股を剝き、膝を大きく開いていました。ママの膝の間にはお店でバーテンをしている高橋という男が入りこんでいるんです。男は絨毯にひざまずき、自分の腰をママに押しつけたり、引き離したりしていました。ママはわたしを見てはっとして上半身を起しました。でも、男はわたしを見ながらも、うわずった声にならない声をあげ、そのへんてこりんな動きをやめようとしないのです。

わたしは、これは見ていてはいけないことなんだわ、と悟ってドアを閉め直し、廊下に出ました。そうして、ママを憎みました。パパより競馬の馬を愛する——、これはまだ許せます。でもパパより他の男を愛するなんて許せません。

あの結婚詐欺の男は罰を受けました。たまたま通りかかった学生が天主様になりかわって愛を玩具にしたあの男に罰を下したんです。パパの愛を玩具にしているママも罰を受けるべきです。そう、イエズス様と協力してママに罰を下すんです。

（わたしがその罰の準備や仕掛けをいたします、ですから、イエズス様、もしもあなたがお望みならママの命を奪い取ってください）

階段を下りながら、わたしはイエズス様にそう祈っていたのです。

二

このときから、ママのわたしに対する態度がずいぶん変ったんです。変に愛想がよくなって、お小遣いをくれたり、セーターを買ってくれたり、なんだか気味が悪いくらいでした。

それから、わたしとパパが二人だけでいるのをとても警戒するようになりました。それまでだと、たとえばなにかの拍子に居間に三人揃うと、なんだかんだと理由をつけて外出したり、店に下りていったりしていたママが、がらりと変ってしまって、わたしとパパがいるとさっと間に入ってくるようになったんです。

なにも知らない可哀想なパパは、ママが自分と娘との間に割り込んでくるのをよろこんでいるようでした。

「七年目でやっとママもこの家になじんできたみたいだ」

なんていってにこにこしてました。でも、わたしにはママの魂胆がちゃんとわかっていました。ママはわたしがパパにあのことを告げ口するんじゃないかとおそれているだけなのです。

(告げ口なんかしないわ)

ママがきれいな顔に派手な作り笑いを浮べながら、パパとわたしとの間に割り込んでくるたびに、わたしは心の中で言っていました。

(告げ口はパパを悲しませるだけだもの。ママ、それよりあなたはもっともっと大きな、そして怖しい罰を受けるべきよ)

一週間ばかりたったある朝、わたしがキッチンで朝御飯をたべていると、パパがママに言っているのが耳に入りました。

「……ママ、今夜は町内会の麻雀大会があるんでねぇ、帰るのは十二時を過ぎるかも知れないよ」

「どうぞゆっくりしていらっしゃいよ」

と、ママがガサゴソと新聞をひろげながら言いました。

「でも十二時で終るかしら。このあいだのときは明け方だったじゃない」

「薬局の主人は自分が負けているとなかなかメンバーを帰さないのでねぇ。今夜は薬局さんに勝たせることにしよう。そしたら早く帰れるだろう」

「いいのよ、帰る時間は気になさらなくても。そうねぇ、お店を幸子さんに頼んで、わたしも久し振りに映画へでも行ってこようかしら」

「それはいいねぇ。そうしてくれた方がこっちも気が楽だよ」

「じゃァ、そうさせていただくわ。ちょうどわたしマフィアの映画を見たいと思っていたところだったの」

ママは急にはしゃいだ声になりました。映画なんて嘘です。わたしはそのとき、ソファの上でのけぞっていたいつかのママの姿を思い出してたんです。ママはあの高橋ってバーテンとまたあんな恰好をするために、どっかへ出かけるつもりにちがいないんだわ。

わたしはすぐ家を飛び出して学校へ行き、御聖堂にかけこみました。そして、十字架の上のイエズス様に誓いました。

(あなたの女兵士であるわたしは、いよいよ今夜、あなたに代わってママに罰を与えます。あなたがお望みなら、ママが死んでもかまいません……)

お祈りに力が入って、まだ二月の末だというのに、わたしは身体中にびっしょり汗をかいていました。やがて生徒たちが登校してきて、学校中がうわーんとやかましくなってきたので、わたしは御聖堂を出ました。

その日の学校の帰りに、わたしはたつ子さんを誘って、新宿の本屋へ英語の辞書を買いに行きました。四谷駅のホームであの飛び込み事件を見てから、なんだか四谷駅が怖いような気がして、新宿へ行くのは見合せていたんです。

「……考えて見れば、四谷駅って怖いはずだわ」

本屋から出て、近くの甘いもの屋であんみつをたべている最中に、たつ子さんが急に匙を宙にとめて、そんなことを言いました。

「どうして？　どうして四谷駅が怖いはずなの？」

「だって四谷怪談ってのがあるぐらいだもの」

たつ子さんはいつもこうやって人をかつぐんです。あんみつをたべおわって外へ出ると、目の前にパチンコ屋さんがありました。

そのパチンコ屋さんが目の中に飛び込んできたとたん、わたしの耳にイエズス様の御声がとどろき渡ったのです。

「あさ子よ！　わたしの忠実な女兵士よ。汝はパチンコの玉を武器として闘え！」

わたしは何のためらいもなくパチンコ屋の中へ入って行きました。

「あさちゃん！　どうしたのよ？」

たつ子さんが後からわたしのオーバーを引っぱってとめました。

「気でも狂ったの?!」

「べつに」

「見つかったら退学よ」

「見つかるはずないわ。童貞様たちがここで遊んでいないかぎりは大丈夫よ」

「それはそうだけど、あさちゃんが、学校一真面目だってされてるあさちゃんがパチンコをするなんて信じられないのよ」

「わたしもはじめてなの。どうしてもいやなら、いまのお店でもう一杯あんみつたべて待ってて。わたしが奢るから」

するとたつ子さんはごくんと唾をのみこんで、

「こうなったら、わたしもやってみるわよ」

と、言ってわたしより先に玉売場の方へ歩いて行きました。

たつ子さんとわたしは百円ずつ玉を買いました。わたしたちはその玉を握ってふたつ並んで空いている台を探しました。パチンコの玉はなんだかぬるぬるしていて、握っているのがいやでした。不潔のかたまりって感じだったんです。

やっとのことでふたつ並んで空いているところを見つけました。ぽつんぽつんと弾きました。たつ子さんはずいぶんがんばっていましたけれど、わたしは一分ぐらいで終っちゃいました。もっともわたしは弾く振りをしながら、すこしずつ、玉をオーバーのポケットに隠していたんです。だからその分だけ余計に早く終ってしまったわけです。

たつ子さんの打ち終るのを待っていると、いつの間にか、わたしたちのまわりに若い男が四、五人集まってきていました。

「あれまぁ、きれいな女学生がこんなところで、ぶらっこぶらっこしてるんだわァ」

「制服でチンコ玉いじるなんざ、たいした度胸だねぇ」

「ねぇちゃんたち、どこの女連(スケ)だね。まさか、中野女子万引グループのねぇちゃんじゃないだろうね。あのグループのねぇちゃんたちはおっかないかんねぇ。こないだなんか、おれ、キンタマかち割られて片チンにされちまったもんねぇ」

「よう、ねぇちゃんたち、おれたちにつきあわないかね」

若い男たちはわたしたちのまわりでいろんなことをいい、そのたびに低くくぐもったような声でへらへらと笑うんです。そのうちにわたしたちのオーバーを撫でたりひっぱったりつっついたりしながら、

　なんで生んだの　オッカさん
　なんで種子まいた　オトッつァん

なんて歌い出しました。たつ子さんとわたしはしっかり手を握り合って逃げるように、そこを出ました。外へ出たとたん胴ぶるいが出ました。怖かったのと、びっしょり冷汗をかいていたのとこのふたつのせいでした。

　家へ帰ったのは五時すぎ、パパもママも、もう出かけてしまっていませんでした。店へ行ってカウンターの中をのぞくと、案の定、高橋というバーテンの姿が見えません。カウンターの中に幸子さんが助太刀(すけだち)で入っていました。

「あさちゃん、今日は大変なのよ。マスターはいない。ママはいない。高橋くんはいない。だ

からもうてんてこまい」

「高橋さんはどうしたの？　公休……？」

「ううん、急に田舎からお母さんかなんかが出てくることになったんだって。だから早引き……」

きっとママとしめし合せたにちがいない、わたしはそう信じました。それからわたしは九時頃までお店を手伝いました。

四谷の大通りは十時になると淋しくなります。だから店は十時半には閉めてしまうんです。十一時ちょっと前に、幸子さんが売上げと伝票を五階まで持ってきました。

「……あさちゃん、これをマスターかママへ渡しといてちょうだい」

わたしはそれを受け取って、おやすみなさいを言いました。

「でも、あさちゃん、大丈夫？」

「大丈夫よ。ちゃんと渡しておくわ」

「そうじゃなくて、これから一時間かそこいら、だれもいなくなっちゃうわよ。住み込みの子たちは皆で、焼肉をたべに行くらしいから。鼠に引かれやしないかと思って」

心配ないわと、わたしが頷くのを見て、幸子さんは帰って行きました。わたしは自分の部屋へ戻って、新しい辞書を引きながら英語の予習を続けました。でも、これから自分がとりかかろうとしていることを考えると、胸がどきどきし、辞書のちいさな活字が踊り出すので困ってしまいました。もう、よそうかとも思いました。悪い人は悪いことを、いやな人間はいやなことを好き勝手にやっている、それならそれでいいんじゃないかしら。わたしひとりが正義の味方を気取ってみても仕方がないんだわ。何度もそう思いました。でもそのたびにイエズス様との約束を思い出しました。わたしはイエズス軍団の女兵士、挫けちゃいけない！

外で車の停まる音がしました。窓を細くあけて下をのぞくと、タクシーからママが降りるのが見えました。お気に入りの毛皮のマキシコートを着ていましたから、すぐわかったんです。窓を閉めて、机のひき出しからパチンコの玉を摑み出しました。そのとき、何気なく机の上の英語の辞書へ目が行って、わたし、どきんとしました。窓をあけたとき風が入りこみ、その風が、開いて置いといた辞書の頁を勝手にめくったんでしょうけど、その頁は「dead」で始まっていたんです。そう、風がイエズス様の命令を伝えたのにちがいありません。もう、わたし、迷いませんでした。

素早く廊下に出て階段を一階だけ降り、三階から四階へつながる階段の踏み板の上にパチンコの玉を並べ、それから、五階から屋上へ出る小階段のところへ蹲んでママが登ってくるのを待ちました。

「……もしも天主様がお望みならママの命を奪ってください。もしお望みでないならママの命を断たないでください……」

ママの靴音が一階から二階へ、二階から三階へ、そして、三階から四階へと近づいてきました。靴音が雷のようにとどろきわたり、わたし、我慢できなくなって両耳を掌で押えました。そのとき、ママの悲鳴が掌を貫いて耳に飛び込んできました。

思わず身体を乗り出して見下ろすと、ママがゆっくりと弾みながら三階の踊り場へ転がり落ちて行くところでした。

三

……ママは右足を挫いただけでした。あとは腰にあざがふたつみっつ。

(きっと天主様がお望みじゃなかったんだわ)

そう思って、わたしは救急車を呼んだり、つき添って病院へ行ったりしました。

ママは二日目にはもう退院しました。退院してから、ママがやったことは犯人をつきとめることでした。もちろん、一番疑われたのはこのわたしです。

「あさちゃんに違いないわ」

ママはパパの顔を見るたびにこう言ってました。

「あのとき、家にいたのはあさちゃんだけ。だから絶対にあの子です」

「あさ子がどうして君にそんなことをする必要があるんだい」

パパはわたしの肩を持って、

「あさ子が置物みたいに大人しい女の子だってことは、君もよく知っているはずじゃないか。だいたい、あの子にパチンコの玉を手に入れる才覚なんてあるとは思えないねぇ」

「じゃ、だれがパチンコの玉を階段に並べておいたっていうの?」

「それはわからんが……」

「わからないじゃすまないわよ」

「並べておいた、という言い方をするから、かどが立つんじゃないのかねぇ。住み込みの子のだれかが、あの夜、焼肉をたべに出かけるとき、落したのかもしれないし……」

わたし、不正直かもしれないけど、白状はしなかったんです。だってこれはイエズス様との密約ですから、どんなことがあってもいえません。

そのうちにママも根負けしたんでしょう、パチンコ玉のことはいわなくなりました。

わたしはひとまず自分の務めは済んだ、と思いました。神様と結んだ約束どおりに、わたしはママに罰を仕組みました。あとは神様のお心次第だったんですけれど、神様はママを生かしてお置きになりたいご様子です。なら、それはそれでとってもいいことです。わたしはしばらくの間、ママを殺す決心を忘れて、学校へ行き、公教要理を暗記し、忙しいときにはお店の手伝いをして暮していました。

三月になって、バーテンの高橋さんが店をやめました。なんでも他の喫茶店で働くことになったんだそうです。ママが反省したのかもしれない、そうだとしたらうれしいな、とわたしは思いました。

高橋さんの代りに新しいバーテンさんが来てくれることになりました。といってもまだあまり経験がないので、見習だということでした。名前は菊地くんです。集団就職で出てきて、あっちこっち転々として、うちに住み込むことになったんです。とてもおしゃれで背広を何着も持っていました。靴だって三足か四足持っているんです。

菊地君が来てから三日か四日たったある午後のこと、ちょっと変なことが起りました。いつものように、たつ子さんと二人で学校を出ると、いきなり上の方から、

「あさ子さん!」

と呼ぶ声がしたので、その方を見ると、土手の上に菊地君が立っていました。学校のひけどきで、お友だちがまわりには大勢いました。わたしは恥しくて顔に火がついたみたいな感じ、どんどん構わずに四谷駅の方へたつ子さんと歩いて行きました。菊地君がついてきました。

「返事ぐらいしたっていいと思うけどな」

「恥しいじゃない。困っちゃうわ。それにお店はどうしたの?」

「ぼくは三時から四時までが休憩時間なんだ」

「あ、そうか。じゃ散歩に来たのね?」

「そうじゃない……」

「じゃァ、どうして土手の上なんかにいたの？」

菊地君は答えません。背広のボタンかなんかいじくりまわしながら、ついてきます。たつ子さんは興味津々というような表情で、わたしと菊地君を横目で見ていました。わたし、わずらわしくなって、

「ほんとうにどうしたっていうの？」

聞くと、菊地君は言いました。

「友達を先に帰して、そのへんでお茶のもうよ」

わたしはただもうびっくりしてしまい、菊地君の顔を見ているだけでした。

「お金なら持ってるぜ。ぼくが奢ってあげるよ」

喫茶店の娘にお茶を奢るなんてすこし変でした、無駄でした、馬鹿気ていました。わたしはたつ子さんとぐんぐん歩いて帰ってきてしまいました。

それからは、菊地君、ますます変になりました。ママに頼まれて四谷駅の横手の公易市場へ買物に行ったり、文房具屋や本屋へ出かけたりするたびに、菊地君がわたしの後をつけてくるのです。睨みつけてやると、彼はにやっと笑って、それから足許を見つめたり、天を見上げたりして口笛なんか吹いているんです。レジ係の幸子さんに、

「菊地君てすこしおかしいんじゃないかしら？」

と、言ったら、彼女はびっくりしたような顔をして、

「おかしいって、あさちゃん、あなたが蒔いた種子じゃないの」

「わたしが……？」

「あさちゃんが菊地君が好きだといったんでしょう？」

そんなこと、このわたしが言うはずないんです。わたしは洗礼を受け、さらにその上の堅振の式を受け、たぶん将来は童貞様になるかもしれません。わたしの恋人になるのはイエズス様のほかにはいないと思うんです。

「だってママがいつもいってるわよ。うちのあさちゃんは菊地君が好きだって……、わたしも聞いたもの」

またママです。ママはなんだってそんな根も葉もないことを言いふらしているのかしら。わたし、不思議を通りこして呆れてしまいました。

ある夜、わたしが勉強部屋にとじこもっていると、ママが顔をのぞかせました。

「あさちゃん、ママはちょっと出かけてきます。お留守番をたのみますよ」

わたしがいつ菊地君を好きだなんていったのか、問いつめる機会だな、と思いました。でもやめました。ママと話をするのさえいやだったんです。

「パパも遅いようよ。しっかり頼むわね」

ママは念を押して出て行きました。

……しばらくしてから人の気配がしました。

「パパ……?」

振り向くと、部屋の入口に菊地君が立っているんです。いつものようなにやにや笑いをしていないのです。ずいぶん真剣な表情をしていました。なんだかこわいような目付でした。

「な、なにか用?」

わたしの声はかすれて声になっていませんでした。菊地君はわたしの声を合図のようにして、すこしずつわたしのそばへ寄ってきました。わたしは立ち上って壁伝いに外に出ようとしました。すると菊地君、いきなりわたしに抱きついてきたんです。

「やめて!」

わたしは菊地君の背中をどんどんと叩きました。すると菊地君はもの凄い力でわたしを壁に押しつけて、好きだ、好きなんだ、とうわごとのように言いながら、唇を突き出してきたんです。

(いつかママがやっていたようなことを、菊地君はわたしにさせようとしている!)

そう思って、必死で顔をそむけながら、わたしは叫びました。

「やめて! やめないとわたし死ぬから!」

「だって、ママがいったんだぜ。あさちゃんが待ってるわよ、って。いらっしゃい、っていってたよ、って」

菊地君が不服そうに言いました。菊地君の口から涎が糸のようにひとすじ、垂れさがっていました。

「そんなことといった覚えはないわ!」

「たしかにママがそういったんだ! あさちゃんが、菊地君も男の子ならいつもえへらえへらばかりしていないで、キスぐらいしてくれたらいいのに、っていってたって」

わたしは泣き出していました。菊地君はわたしから離れながら小声で、

「なんだ」

と、呟きました。

「ぼくもあさちゃんもママに担がれていたのか」

それから、菊地君はいつものにやにや笑いをしながら、後退りして部屋を出て行きました。

わたしはすぐ風呂にとびこんで、菊地君の身体の触れたところを、ごしごしと何回も何回もタオルでこすり落しました。風呂場に備えつけてある鏡に身体を写すと、ごしごしとこすったところが、赤くなっていて、わたしの身体は桃色の地の上に赤い斑点を散らしたようでした。聖書の中に何度も登場する業病持ちの女そっくりの様子をしているのです。わたしは裸のままでタイルの上にひざまずき、両手を胸の前に合せて祈りました。

(……あなたの女兵士は辱しめを受けました。ママの邪悪な計略によってもうすこしで、あなたに捧げるはずのこの身体を、汚されるところでした。どうかこの身体をもとのようにお潔めください……)

祈っている最中に、ふと目がガスの口火のところへ止まりました。止まって離れないんです。

しばらくガスの口火を見つめているうちにわたしの耳にイエズス様のお声が聞えてきました。

あの方はこうおっしゃっているように、わたしには聞えました。

(女兵士あさ子よ！　再び武器をとりなさい)

(……武器はこのガスの口火でしょうか？)

(そうだよ……)

ここでわたしはあることに思い当って、耳の付根までまっ赤になってしまいました。なぜって、あの方が近くにいらっしゃるというのに、わたしは丸裸だったんですから……

四

もういちどママを殺そうとはっきりと決心したのは、じつはそれから二、三日あとのことです。パパとママが寝室で口争いしているのを聞いたとき、はっきりと決心がついたんです。その口争い、はじめに大声をあげたのは珍しくパパの方でした。

「……わたしを馬鹿にするのもいい加減にするがいい！」

壁ごしにパパがのっしのっしと歩き廻るのが聞えました。

「高橋とすっぱり切れる、とあれほど固い約束をしたはずじゃないか！　それなのにおまえはまだあいつと隠れて逢っている。いったい、どうしてなんだ?」

　ぱちっとライターの蓋のしまる音がしました。ママ自慢のフランス製の高級ライターの音にちがいありません。ママはきっと不貞くされて、天井に向って煙草の烟を吹っかけているんでしょう。目に見えるようです。

「こうなったら、わたしとしても覚悟をかためなくてはな……」

　パパはまだ歩き廻っているようです。どしんどしんと壁を拳で叩く音が、足音にまじって聞えてきます。覚悟があるといったけど、パパにはどうしていいかわからないのです。パパはそれほどママが好きなんです。どうしてママはそれをわかってあげないんだろう。

「……じゃ、わたしは出て行くわ」

　ママの声がして、それから洋服ダンスの扉を勢いよく開く音。ママは荷造りを始めたんです。

「行かないでくれ!」

　けっきょくいつもこうなんです。パパが折れてしまうんです。パパとママの話し声はここから低くなり、聞えなくなりました。そうして、ついさっきの喧嘩が嘘だったんじゃないかと思うような、二人の笑い声、そのあとの変てこりんな沈黙。沈黙のあとになんだか得体の知れないような呻き声や喘ぎ声――。

　この声を聞くとわたしは不安でたまらなくなります。パパとママの声であってパパとママの声でない。それは怖しい声です。わたしは布団の中にもぐり込んで、両手で耳に蓋をしました。

いに鳴りひびきました。

「やはりママは死ぬべきなんだわ」

わたしは声にして言いました。耳を塞いでいるので、その声はわたしの頭の中で雷の音みたいに鳴りひびきました。

「悪いことをしたママに、なんにもしていないパパがあやまるなんてどうかしてるわ。悪人が善人の前で大きな顔をする、それは神の正義が、天に行われるようには地上では行われていないという証拠。わたしはもう一度、神の女兵士になるんだ。わたしは特別に選ばれた少女なんだから、その義務がある……！」

掛布団をそっと除けると、寝室のドアのあく音が聞えました。ベッドからすべり降り、ドアを細目に開いて見ていると、股の間にタオルをはさみ込んだ素ッ裸のママが、手に派手な色表紙の週刊誌を持って、目の前を通りすぎて行きました。その週刊誌は、きっと「週刊平凡」にちがいありません。週刊平凡はママの愛読書でした。ママはぬるいお風呂につかって週刊平凡を丁寧に読むのが大好きなんです。

浴室のドアを閉める音がしました。わたしはパジャマの上にガウンを羽織って、足音を殺しながら、部屋から出ました。居間を横切るときにパパの軽い寝息が聞えてきました。そして、居間と続いているキッチンに足を運んだときは、キッチンの隣りの浴室からママの流行歌をくちずさむ声。それから、ざあーっとママがお湯をかぶる音、それから、湯槽に入る気配、歌が聞えなくなったのはママの注意が週刊誌の方へ行っているからでしょう。

わたしは台所の隅に蹲んで、力をこめた指先をガスの大元栓にかけて、思い切ってひねり、ひねった途端にまたもとへ戻しました。

わたしの家では、風呂の小さな口火をいつもつけておくのが習慣です。ママが、お風呂に入るのは運動のひとつと信じ込んでいるので、いつも口火をつけとくんですけど、大元栓をいったん切ったことによって、その口火は消えたはず、そして、大元栓をもう一度もとに戻して開いたんですから、口火からガスが浴室に流れ出しているはず。週刊誌を一冊読み終る間にガスは浴室をいっぱいにするでしょう。むろん、ママが口火の消えているのに気がつけば助かります。気がつかなければ……神の罰です。

わたしは台所の瞬間ガス湯わかし器や居間のガスストーブを見廻ってから、そっと寝室をのぞきました。寝室のガスストーブからはしゅっとガスが吹き出していました。わたしは寝室の中に入って、ガスを点火し直しました。パパは依然として規則正しい寝息をたてていました。寝ているときもパパは毛糸の帽子をかぶっていました。そんなにあのてろてろの火傷の跡が恥しいのかしら、それとも、毛糸の帽子はもうパパにとって頭髪のようなもので脱ぐにも脱げない身体の一部になってしまっているのかしら。

ベッドに戻ってしばらく暗い天井をみつめていました。浴室からは何の気配もしません。気がつくと動悸が激して、胸の上に手をのせると、手は嵐の海の小舟のように上ったり下ったりしていました。

何分ぐらい経ったころでしょうか、いや、何分なんて、そんな短い時間じゃなかったかもしれない、二十分ぐらい経ってたかもしれません。突然、浴室のドアになにか堅いものがぶつかるような音がしました。それから、ごろん！　と鈍い肉の音。

寝室からパパの起き出す気配がしました。

「……なんの音だい？　いまの音をたてたのはママかい？」

そんなこと言いながら、パパは居間を横切り浴室のドアをあけたようでした。ほんの短い間があって、

「……ママ！」

と、叫ぶパパの声がしました。わたしも出てみることにしました。

「どうしたの、パパ？」

知らぬ振りして浴室をのぞくと、タイルの上にママが長くなってのびていました。生暖かいようなガスの匂いが、覗いたわたしを素早く包みました。口火からガスの洩れる音はしてませんでした。パパが第一番にとめたんだと思います。

「……ママ！　ママ！」

パパが揺り動かすたびに、ママの股の間から勢いのない噴水のようにおしっこが出ます。たぶん失禁していたんです、ママは。

「あさ子、救急車だ！」

ママの豊かな胸に耳をちょっと当てがってからパパがわたしに言いつけました。

「ママ、死んでないの?」

「死んじゃいない! だから早く一一九番に電話をするんだ」

(また神様がお望みじゃなかったんだわ)

わたしは居間へ行き、ガスを抜くために窓を開いてから、電話の受話器を取りあげました。


あくる日の午後、わたしはお店の幸子さんと、病院へママを見舞いに行きました。パパが奮発したんでしょう、ママの病室はとても広くて立派で、ソファまであるんです。

ママは鼻の穴に黒いゴム管を通されて横になっていましたけれど、思ったより元気で、幸子さんを相手に、ガス中毒ってはなしに聞いてたけれどとっても気分がいいものよ、あのまま死ねるんなら仕合せというものだわ、それからね、ガス中毒になると目の前が一面きれいなピンク色になって、そのピンク色の中をこれまたピンク色の大蛇がふわふわ飛んで行く光景が見えるの、その大蛇がディズニーの漫画に出てくるみたいに可愛いのよ、なんて喋りずくめでした。

ママは生きてこの世に戻れた、というのかひどく陽気でした。けれど、わたしに対してはひとことも口をききません。やはりわたしを疑っていたんだと思います。

その夜、わたしはピンク色の大蛇の夢を見ました。夢に色はついていないなんていうけどあれは嘘ですね。鮮やかなピンク色でした。とても景色のよいところでパパとママが裸で抱き合っていて、そのまわりを大蛇がゆっくりと這いまわっている夢でした。童貞様が公教要理の時間に見せてくださった「最後の楽園におけるアダムとイブ」という絵にそっくりでした。夢の中にはわたしも加わっていて、わたしだけは服を着ていました。大蛇はわたしのところへやってきて、「あんたも脱ぎなさいよ」と言いました。いやだわ、と逃げようとすると、大蛇はさっと這い寄ってきて、わたしのスカートの中に鎌首をもぐりこませたんです。はっとした拍子に目をさましました。

そのとき、どこかでドアがそーっと開くような気配がしました。部屋の戸をすこしあけて入口の方を見ると、パパが後手でドアを閉めるところでした。

机の上の腕時計に目を近づけると、もう三時半でした。窓を細く開いて下を見おろしていると、店からパパが外へ出てきました。黒いズボンに黒いジャンパーで、街灯がずいぶん明るかったけど、そんな恰好だから、パパの姿はしっかりと目をこらしていないと、よくは見えません。ただ、パパは小さなボストンバッグをさげていて、それは白っぽい色でよく見えました。

はじめはゴルフにでも行くのかな、と思いました。でも、クラブを持ってません。旅行にしては時間が早すぎます。だいいち、どっかへ出かけるなら、わたしにひとこと言ってくはずです。

パパは店の前に立って、しばらく通りの様子をうかがっていました。こそ泥のようにきょろきょろしてるんです。きっとなにかあるんだわ、だれにも知られたくない秘密があるんだわ、と、わたし、思いました。大急ぎでパジャマを脱ぎ、ジーパンとセーターを着ました。そして、わたしは店へおりました。

パパはまだ立ってます。パパの鼻の先で煙草の火が明るくなったり暗くなったり。やがて、パパは煙草を捨て、靴で踏みつけ、歩き出しました。わたしも外へ出ました。

パパは最初の露地を新道横丁の方へ曲りました。新道横丁というのは百五十米ほどの狭い通りで、両側には飲み屋さんが七、たべもの屋さんが三という割合でずらりと並んでいて、四谷の近くでは一番賑やかなところ。

もっとも、そんな時間ですから、あたりはしんと寐しずまっていました。横丁から左右へ一歩入ると、つまり飲み屋さんやたべもの屋さんの裏に、アパートがずいぶん建ってます。それらのアパートの窓にはだいぶ灯のついている窓がありました。きっと、夜のおそい勤めの人たちが住んでいるんでしょう。

パパは「ベア」という看板の出たお店の角を曲って、あるアパートの裏手へ入って行きました。そうして、屑箱の前で立ちどまりました。ずいぶん長い間歩いたような気がしました。でも気がしただけで実際は、ほんの数百歩、家から五分もかかっていません。「ベア」というお店の蔭からそっと顔だけ出して、わたし、パパの様子を見てました。

パパは長い間、そのアパートの窓のひとつを眺めていました。それからボストンバッグを開いて、ビールびんを一本取り出しました。コルクの栓がしてありました。パパはコルクの栓を歯で抜いて、その中味を屑箱の中にふりかけました。

「パパ！」

わたし、パパの前に飛び出しました。パパはびっくりして、ビールびんをボストンバッグの中にかくしました。むろん、コルクの栓をしないで、です。ボストンバッグの中からガソリンの匂いがしました。

パパはまだ狐に鼻をつままれたような顔をしてわたしを見つめていました。

「あさ子、おまえ、どうして……？」

「パパ、帰ろう」

パパはゆっくりと頷いて、ボストンバッグを持ち直しました。バッグの底からぽたぽたと雨だれのようにしたたり落ちているガソリンが街灯の光を受けてきらきらしてきれいです。パパはわたしの肩に手をのせて重い溜息をつきました。

「このアパートの屑箱の真上の部屋に、もと店にいた高橋君が住んでいる。パパはその高橋君を……」

「黙って歩こうよ、パパ……」

「そうだな……」

パパの説明なんかいりません。わたしにはぴんと来ました。パパは英雄になりたいために、自分で火をつけて歩いてたんです。でもわたしはパパを憎むことができないんです。パパはママに愛されたいために、それだけのために英雄になろうとしているのですから。ちょうどわたしがイエズス様に愛されたいためによい女兵士になろうとしているように。

家についておやすみをいったときに、パパはわたしの肩を両手で摑み、こう呟きました。

「……わたしたちはふたりともてんでだめだねぇ」

パパもわたしのやったことを、パチンコの玉やガスの元栓のことを知っているのだろうか。

それから朝まで、わたしはどきどきしてちっとも眠れませんでした。

五

その次の週から春休みがはじまりました。春休みになって間もなく、わたしはパパに連れられて、日光の湯ノ湖へ遊びに行きました。湯ノ湖というのは、中禅寺湖からさらに十五粁(キロ)ほど奥に入ったところにある小さな湖で、雪はもうなくて、スキー客もいず、とても静かなところです。湖のそばにはホテルが建っていました。

着いた日は、ホテルの遊戯場でゲーム機械で遊んだり、卓球をしたり、だれもいないロビーでトランプをしたりしました。

夜は御馳走をたべました。パパにすすめられて葡萄酒まで飲んだんです。

あくる朝、目を覚すと、もうパパのベッドは空っぽでした。大きな窓から朝の光が部屋いっぱいに差し込んでいます。浴衣の上にホテルの羽織を引っかけて、ベランダに出ました。目の前が湖です。陽の光が湖の波に当って照り返し、眩しくて仕方がないほどです。

「あさ子……」

下でパパの声がしました。

ボート場にボートが十隻ばかりロープでつながれて浮んでいました。そのうちの一隻のロープを、ホテルの人がほどいているところでした。パパがそのボートのそばでわたしを呼んでいるのです。

「ボートを借りた。一緒に乗らないか？」

「いやだわ」

わたしは肩をすくめてみせました。

「寒いもん！」

「オーバーを着てくればいいさ！」

パパが下から呼び返してきました。

「おいでよ！」

「それじゃいま行くわ！」

わたしは服を着て、ボート場へ下りて行きました。パパはもうボートに腰を下ろし、オールを握って待ち構えていました。

「向う岸まで千米もないらしいよ。往って帰ってきてから飯にしよう」

「……大丈夫?」

「ああ、ちょうどいい運動さ。それに向う岸にはちょっとした滝があるそうだ。そいつもちょっと見てこようじゃないか」

パパはぐいぐいとオールを漕ぎ始めました。さっと冷たい風が立ちはじめ、わたしはボートに乗ったことをすこし後悔しました。ホテルがずんずん後退りして行きます。

「やっぱり年だな。このへんで一息入れよう」

岸を離れるとき、ふたつの目に入りきれないほど大きかったホテルが、テレビの画面ぐらいに小さくなったころ、パパがオールから手を離して、その手で額の汗を拭いました。

まわりの山々は消え残った雪と黒っぽい緑の斑(まだ)ら模様をしています。

「パパ、きれいねぇ!」

それには答えずに、パパはいきなりこう言いました。

「あさ子、パパはおまえの机のひき出しからパチンコの玉を一個見つけたんだよ」

ぎょっとしてパパを見ました。でも、太陽はパパの背中にあって、逆光で顔はよくは見えません。

「……ママのガス中毒も、おまえの仕業だろう?」

わたしは黙っていました。

「わたしもおまえも怖しい人間だねぇ」

言ってからしばらくの間、パパは下を向き、自分の手を眺めていました。風が吹いてきて波の面がしゃわしゃわとかすかな音をたてました。

「……パパが可哀想だったんだわ」

パパは下を向いたままです。

「ママはパパの愛に応えていなかったんだもの。パパの火傷の跡がそんなに嫌なら、結婚しなければよかったのよ。結婚した以上、ママはパパを愛してあげるべきだったんだ」

パパはわたしを見ました。

「……たとえパパが英雄でなくても愛してあげればよかったのよ。それを神様が裁こうとなさったの。わたしはよろこんでそのお手伝いをしたわ」

「わたしはずうっと臆病に暮してきた。ママはその臆病なところが嫌いだったんだろう」

「臆病だっていいじゃない……」

わたしが言いかけたとき、パパがとうとう怖しいことを口にしました。

「……おまえは泳げなかったはずだな」

それからパパはボートの左右の船縁をしっかりと握ると、身体を右に左に傾けて、ぐらぐらとゆすりはじめました。

「こわい！」

「こわいことはない！　わたしも一緒に行く」

わたしは泣き出しました。右の方の船縁に両手でしがみつきました。パパは立ちあがって足で右の船縁に重みをかけながら水の上に落ちました。それからわたしも続いて水の上に……。


……気がつくと、わたしの目の前に老人の顔が見えました。あとで聞くと、この老人は地元のお医者さんでした。老人のまわりにはいくつも顔がありました。前の晩、いっしょにトランプをしてくれたフロントの若い人や、ボートのロープをといてくれたおじさん、それから、食堂のコックさん。

「よかった！」

老人は何度も頷きながら、わたしの口にグラスを運び、火のような水を流しこみました。これも後で聞いたことだけど、それはブランデーだったそうです。

「パパは？」

わたしは目の前のたくさんの顔に向って訊きました。

「パパはどうしたの？」

老人が静かに首を振りました。ほかの人たちは顔をそらせたり、目を伏せたりしています。

「……ママが生きているのにパパが死んだ！　そんなひどいことってないわ！　天主様、こんなの不公平です。あなたが望んでいらっしゃったというのはこんなことですか、悪い人は平気で生きているのに……、パパがだめになっちゃうなんて！」

わたしは気でも狂ったようにまくしたて、その挙句、また気を失ってしまいました。

新学期が始まってわたしは二年生になりました。でも、わたしは公教要理を習うのをやめました。

仕出し屋マリア

ぼくの働いていたストリップ劇場は踊子たちを専属させていた。踊子にそのつもりがあり、劇場側でもその踊子を必要にして有用であると判断すれば、そこで契約が結ばれ、彼女たちは劇場にじっくりと腰を据え、しっかりと根を下ろして暮すことになる。劇場から劇場へ小屋から小屋へ短期間ずつ移動して歩く巡回制の踊子たちの暮しぶりには、根無草の生活者の持つ独得のわびしさやさびしさがあり、それが男たちの心を強く掻き立てるのだが、専属制踊子たちの暮しぶりはひとつところに根を下ろしているせいかいたって健全で、新橋界隈(かいわい)の一流商社に勤める女事務員のそれとあまり大差がないのだった。

踊子たちは、女事務員と同じように毎日決められた時間までに劇場に出勤し、タイムレコーダーを押すかわりに楽屋口の着到板に掲げられている自分の名札をひっくり返し、事務用上ッ張りのかわりに舞台衣裳に着かえ、ペンで伝票に数字を記入するかわりに馬糞紙のシルクハットをかざして踊り、茶をいれて男たちにサービスするかわりに衣裳を脱いで男たちに奉仕した。踊子たちと女事務員たちとの違いは、女事務員が居なくてもたぶん会社は存続可能だが、踊子たちが居なくてはストリップ劇場が成り立たない、というようなところぐらいだろう。

そのころは浅草最後の黄金時代で、ぼくが進行係をしていた劇場には二十三、四名の踊子たちがよく撓(しな)う裸身を競い合って居り、いずれも後に高名な喜劇役者になるはずの若いコメディアンたちが五、六人いて、どうしたら観客たちに笑ってもらうことができるか、そのことばかりに心を砕いていた。

劇場裏方たちの数の多さも現今とは比較にならなかった。しょっちゅう間のびしたり変調子になったりしながら踊子たちの踊りに悲鳴に似た伴奏をつけていた五人編成のバンド、それに、どういうものか全員腕ッ節が強く踊子によくもてた照明係が四名、それからどういうわけか全員陰険で底意地が悪かった大道具係が四名、場内の清掃係を兼ねた楽屋番の夫婦もの、そして、台本のガリ切り、道具類の発註、幕の開閉はじめセンターマイクの上げ下げ、割り緞帳の開け閉じなど舞台の進行一切をとりしきるぼくら四名の文芸部員など五十名近い人間が、後から後からと押しかける一日二千人をはるかに越す観客たちに、一時間半のストリップ・ショーと一時間ほどのドタバタコメディを提供するために働いていた。

　ぼくらもむろんそうだったのだが、踊子たちは朝の十一時半から夜の九時まで、コンクリートの冷たい城に閉じこめられたまま暮していた。すこし踊れる女の子たちになると、劇場がはねてからも、上野や錦糸町あたりのキャバレーやクラブのフロアショーの仕事が待っていた。

　だから、自宅もしくはアパートの自室に辿りつくのは早くて十時、仕事でもあれば十二時をまわる。しかも、年中無休だから、踊子たちにはほとんど私的な時間が残されていなかった。

　日に三回上演されるコメディアンを主にした一時間のドタバタコメディの間は踊子たちの自由にまかせられていたが、食事をすればもう半ば以上時は費え去っており、近くのデパートまで往復する余裕もなくなってしまっていた。そこで踊子たちは、ひっくり返って婦人雑誌を読んだり（ストリッパーたちが真剣な面持で、婦人雑誌の「結婚初夜の花嫁心得集」などという特集記事を読んでいる光景は、なんだかひどく奇妙なものに思われたが、それはストリッパーとは性の達人であるはずだという先入観念を、ぼくが持っていたせいだろう）、舞台衣裳のとれかかったスパンコールをつけ直したり、昼寝をしたり、気分のよい日は気のおけない仲間のいる楽屋をのぞいて世間話をしたり、花札を引いたりして、ささやかな自由を楽しむのがせいぜいだった。

九州から上京し、東京駅に着いたその足で劇場にやって来たピンキー旗という踊子は、そんなわけで在京五年になるのに宮城を見たことがなかったし、もっとひどい踊子になると、浅草六区の小屋で働いていながら観音様の境内の鳩さえ見たことがないのよ、と舞台への出を待ちながら下手袖の進行部屋の前でぼやいたりしていた。

金はあるが買物をする暇のない彼女たちを目当てに、楽屋には大勢の小商人たちが出入りした。まず、洋裁屋が三日にあげずやって来た。踊子たちはどこへ着て行くあても時間もないのにアストラカンや兎の毛皮で豪奢なオーバーを作り、それを楽屋のコンクリートの荒壁にぶら下げてにこにこしていた。舞台衣裳は一着残らず劇場側で用意したが、ショーの中のある一景をまかせられソロで踊ることになると、踊子たちは手拭一本分ほどの小さな生地に孔雀の羽根を何百本もくっつけた衣裳や、照明の角度によって七色も色変りのする衣裳や、小さなブリキのメタルを何千個も糸でつなぎ合せた衣裳などを自前で註文した。

バタフライ屋も足繁くやってきた。五十近い痩せた男で、やってくるたびに踊子たちの腰に巻尺を廻し、巻きつけたままで激しく腰を振ってごらんだの、大きく股を開いてくださいだのといい、踊子たちからすこしいやらしいという陰口を叩かれていた。それでもこの男が重宝されていたのは、古くなったバタフライを相当な値段で買い戻していたからだろう。バタフライ屋は使い古しのバタフライをマスクに改造して、ファンの旦那衆に高く売りつけていたから、買い戻しても損はしていなかった。

こまごました洋品雑貨を売りにくるおばさんもいた。化粧を落すガーゼやドーランを主に、女の子の気に入りそうな小綺麗な袋物や気の利いた装身具を揃えてやって来ては、かなりの商いをしていた。おばさんは商いをしながらよく「……昨夜、主人が女と蒸発しちゃって」とか、「……こないだ長女が療養所でとうとういけなくなりまして」とか、「……今朝、息子がわたしに薬罐(やかん)を投げつけて家を飛び出しまして」などとぼそぼそと身の上ばなしをする癖があった。おばさんの持ち込む洋品雑貨がよく売れたのは値段の安いこともあったが、おばさんの哀しい身の上に踊子たちの同情が集まったことがなによりも大きな理由だった。もっとも、おばさんの語った身の上ばなしを忠実に集計すると、彼女はその一年間に二度も夫に蒸発され、長女は肺結核と腎臓病と交通事故で三度も死に、息子は五度か六度も家を飛び出していることになるのだったが。

貸本屋は日に二度はかならず姿を見せた。一度は前日貸し出した本の回収と註文とり、二度目は註文された本の配本のためである。踊子たちはあまり本を読まなかったようだが、ミッチー平井という踊子だけは貸本屋のリストの中にある少女小説を一冊残らず借り出し寸暇を惜しんで読み耽(ふけ)っていた。彼女のお気に入りはバーネットの「小公女」で、これは月に一度は必ず読み返していた。彼女の父親は飲んだくれのアル中で月に二度、十日と二十五日の給料日になると楽屋口の外に待ち伏せして飲み代(しろ)をせびりに来ていたが、彼女はおそらく、父から莫大な財産と幸運を遺された小公女サアラが羨しかったのだろう。

コメディアンたちは勉強家が揃っていて、シェイクスピアやモリエールはおろか西洋の哲学書などを註文して貸本屋の頭をかかえさせているのがいた。ただ、こういう勉強家に限って舞台がすこしも面白くなく、これはふしぎといえばふしぎである。

そのほか、クリーニング屋だの競馬のノミ屋だの薬屋だの靴屋だの数え上げればきりのないほど大勢の人間が楽屋へやって来ていたが、その中に家庭教師がまじっていたのは今考えても妙なはなしだ。彼は外語の学生でリリー小町という踊子に英会話を教えにやってきていた。リリーはいつか必ずハワイかラスベガスの劇場に出て、そこでハリウッドのプロデューサーに認められ、ハリウッド映画に主演、ないしはそれに近い役で出演することをただひとつの望みにしていた。そのときに備えて英語をしっかり叩き込んでおこうというわけだったが、数年後、彼女の夢が実現したのだから大したものだ。リリーはハワイの劇場で踊っているところを一流のプロデューサーに認められ、一流監督の作品に一流の俳優たちにかこまれて出演し、三秒間ほどスクリーンの端っこに小さく写っていたのだった。なんでもそれは阿片戦争を題材にした大作で、彼女は砲火に逃げ惑う中国娘CだかDだかに扮していた。英語は一言も喋らなかった。

前置きが長くなってしまったが、仕出し屋のマリアも楽屋に出入りするこれら小商人たちのひとりで、そのとき、三十をひとつかふたつ出たばかり。なんでも三年ほど前まで、その劇場では五本の指に入る踊子だったという噂であった。

そういわれれば「仕出し屋のマリアさん」という変った通り名もなるほどと納得が行くし、小柄だがまだまだ現役のストリッパーとしても充分に通用しそうな逞しい肉感が、質素な衣服を通してぼくらにも伝わってくるのだった。顔は小さかったが、目鼻立ちその他の顔の造作はすべて大きく、きっと舞台映えしたはずだった。足首は細く、ふくらはぎは鍛え抜かれた筋肉で太く、その足でリズミカルに歩きながら、彼女は毎日二時十五分になると、弁当を風呂敷で包んだものを背負い、「おはようございます」と丁寧に挨拶して楽屋口をくぐってやってきた。

ぼくら裏方の若い男たちは多少の差はあれ、ほとんど例外なく彼女に好意を持っていたから、ある者は急ぎ足で、ある者はそれとなく彼女の傍に寄り集まり、重くて湿っていて生温い弁当包を彼女の背中から下してやったり、彼女のうしろにいつもくっついて歩いている女の子どもの御機嫌をとったりした。

マリアさんは劇場を出てすぐの国際通りの角にあるガラス湯の裏のアパートに女の子とふたりで暮していた。一回目の芝居とショーが終るのが二時十五分で、それから踊子たちの遅い昼食が始まるわけだが、二十数名の踊子たちのうちの半数は、マリアさんから弁当をとっていた。

ほかにコメディアンたちや裏方たちもマリアさんをひいきにしていたから、一回に二十食分ほどの弁当を、彼女はこしらえ、そして運ぶわけだ。昼食の註文は前日の夜彼女が聞きにくる。そして、夕食の註文は昼食を配りながら聞く。夕食は六時に運び込まなくてはならないから、二時十五分から六時までの間がマリアさんにとっては大変に忙しい。この間は進行部屋で女の子を預かる。むろん、舞台を進行させながら、一方で女の子におはなしを聞かせてやったり、折紙で鶴をこしらえてやったりするのは煩わしかったが、マリアさんのためになるならばそれは話は別だった。ひとこと「進行のお兄さん、いつもすみません」と礼をいわれるだけでぼくらは自分でもおかしいと気づくほど有頂天になってしまい、ときおり註文取消しになった弁当などを御苦労賃に貰ったりするともうどうしてよいかわからず、その弁当を一生抱いて暮したいとさえ思った。

弁当の献立は「コロッケ弁当」「海苔弁当」「塩鮭弁当」「稲荷弁当」、ハンバーグにサラダの付いている「洋食弁当」、煮魚に玉子焼の「和食弁当」の六種があって、それぞれの好みによって何を註文してもよいことになっていた。

「一日四十個の弁当をこしらえて、いくらぐらい儲かるんですか?」

夕食の配達を終えて進行部屋で一息つき、ふと舞台に目をやってそのまま吸い込まれるように二回目のショーのフィナーレを見つめているマリアさんにぼくは聞いてみたことがあった。

「こんなことといっちゃ悪いかもしれないけど、せいぜい千五百円か二千円てところでしょう?」

「それぐらいになればいいんだけど、ひょいとなにかの加減で註文がばったりなくなってしまうときがあるのよ。給料日から一週間は特にそういうことが多いわね」

「みんな懐が暖かいから、レストランや洋食屋の出前を取るんだな」

「そういうことらしいわ。だから平均して一日千円の儲けが上ればいい方よ」

バンドがエンディングを鳴らしはじめたので、ぼくはマリアさんの前に立って緞帳の綱にぶらさがった。

「じゃあ舞台に出ればいいのにな。マリアさんなら一日三千円にはなるでしょう」

マリアさんは質問に答えず、

「もっと早く幕をおろさなくちゃ駄目よ」

と別のことをいった。そこでぼくがあわてて力を入れて綱を引くと、緞帳は上から投げ下したようにどすんと床に落っこち、緞帳の向うでバンドの音がだいぶ長いことときまりわるそうに鳴っていた。

「音が余っちゃったじゃない。途中から早くなりすぎたわよ。舞台でポーズしているところへいい間合いで緞帳がおりてくるのは踊子にとってずいぶんいい気持のものよ。踊子にとって気分のいいってことは、お客にもいいってことになると思うの」

「それはわかってるんです。わかっていてもなかなかうまく行かないんだなぁ」

「——むかし、といっても五年ぐらい前のことだけど、緞帳の上げ下げについては名人だといわれていた進行さんがいてね、その人がいつもこういってたわ。緞帳を上げ下げするときは主役のつもりでやればいいって」

「主役のつもり――?」

「いまのようなショーのときは踊子のトップになったつもりで、みなさま、これでお別れするのはとてもつらいわ、だからきっとまた来てね、きっとよ、と想いのありったけをこめて名残り惜しそうに幕を下ろす。でも、ショーはずっとテンポテンポできているから、ゆっくりしすぎてもいけない。――その進行さんはそういってたわ」

名残り惜しそうに、そしてゆっくりすぎずに、とはいったいどんなおろしかたなのだろう。

ぼくが宙を睨んで考え込んでいるとマリアさんがいった。

「具体的にいうとね、三分の一のところまではすーっと早く、真ん中で名残り惜しさについ速度が落ち、残り三分の一はまた早く、そして、幕が下り切ったときにエンディングのコーダが鳴りひびく、ということらしいわよ」

なるほど、それならすこしはわかる。

「お芝居のときも同じよ。人情ものなんかで主人公がくっくっくっと涙をこらえて立ちつくしているようなときは、緞帳もくっくっくっと泣くが如くむせぶが如くたゆたいながらごくゆっくりと――。ドタバタ芝居で主人公の大笑いへ幕という指定なら、緞帳も陽気に賑(にぎ)やかにストンと切って落とす、というわけ」

マリアさんはそういって女の子を抱きあげると、あくる日の註文を取りに楽屋の方へ消えてしまった。

次の回のドタバタ芝居の幕切れで、ぼくは教わったとおりに緞帳をおろしてみた。演目は「仮名手本忠臣蔵」をもじった「はなでふん提灯ぶら」というやつで、由良之助が仇討に行き、あべこべに返り討になってしまい、口惜し涙にくれながら死んで行くところが幕切れだったので、泣くが如くむせぶが如くたゆたいながらごくゆっくりとやってみたのだった。すると由良之助役のコメディアンが楽屋へ引き揚げる途中でぼくの傍に寄り、「いい幕切れだったねぇ。今日はじつに気持よく死ねたね」とぼくの肩を叩いた。

マリアさんはやがて進行部屋で劇場がはねるまで時間を潰して行くようになった。

「進行さんはたしかここへ来てからまだ二カ月ぐらいにしかならなかったわね?」

あと一週間ほどで年が明けるという十二月末のある夜のこと、マリアさんは不意にそういった。

「じゃあ、正月に一体どんなことが始まるか、まだ知らないんじゃないの。正月になるとどういうことになると思う?」

「みんなひとつずつ年をとることになるんじゃないかな」とぼくは茶化した。「ぼくは二十歳になり、マリアさんは……いくつになるんですか?」

「三十二よ。もっともこのごろじゃ、年齢は誕生日が来たときにひとつふえるんだから、ありがたいことにわたしはまだ当分三十一だけど――。進行さん、正月になると戦争が始まるわよ。この劇場にわんわんわんわん男たちがつめかけてくるわ」

「支配人が喜ぶでしょうね」

「踊子とコメディアンと裏方さんは泣くわ」

「でも、正月になると大入袋が出るっていいますよ」

「そのかわり、一日九回興行よ」

「九回興行？　そんなことは不可能だ。いま一回の興行に休憩を入れてですが、三時間かかってるんですよ。それを九回もやったら二十七時間……。一日は二十四時間しかない。徹夜でやったところで一回分はこぼれてしまう……」

「ばかねえ。一回の興行時間を一時間ちょっとにちぢめてしまうのよ。それを九回……」

「一時間半のショーと一時間の芝居をどうやって一時間にちぢめることが出来るんです？」

「ショーは二十四景あるでしょう。それを十景ぐらいに短くしてしまう」

「……」

「お芝居は十五分にダイジェストしてしまう。そうすると丁度一時間。興行回数をあげればそれだけお客が入る。そうしないとお客が捌きれないの。正月はいつもそうよ」

「一時間でなにもかも終ってしまうんじゃァお客が文句をいうでしょう？」

「いっても事務所は知らん顔」

「ひどい話だな」

「それにお客さんはみんなご機嫌だし……」

「まるで詐欺だ」

「そこが浅草よ。そこでね、進行さん、いまからどこをどうカットするか研究しといた方がいいと思うわ」

芝居のカットはたいして難しくはない、とマリアさんはいった。難しいのはショーのカットらしい。オープニングとエンディングとまんなかの小フィナーレは全踊子が登場するから賑やかだし、ショーの体裁を保つためにも是非残すべきね。ソロはベテランのヘレン天津ちゃんと若手のメリー杉町の二人でいいでしょう。あとは並び順（オープニングやフィナーレでの踊子たちの位置のことをこういうのだった。まんなかにポーズする踊子ほど人気が高く、給料も高い）に従って、ランクの上の方の踊子たちのナンバーを生かして行くほかないわね。

「ショーのカットをするときに一番大切なことはね」とマリアさんは最後にいった。「踊子たちに忍術が使えないってことを、いつも頭に叩き込んでおくことだわ」

突然、忍術が出てきたので、ぼくはびっくりしてマリアさんを見た。

「たとえば四景と六景にわたしならわたしが出ていたとするわよ。間に五景があるからわたしは衣裳の着がえが出来るわ。いくらストリップショーでは身につけるものが少ないっていっても、着がえに三十秒やそこいらかかっちゃうもの。ところがなんかの都合で五景がカットになってしまったら、これはもうどうにもならなくなるわ。四景と六景がくっつき、わたしは出づっぱり。衣裳を替える余裕がなくなってしまうでしょ？　進行さんの上手下手はここでわかってしまう」

正月はマリアさんのいっていた通り、戦争になった。観客の入り具合によって事務所から「三回興行を五回にするように」「五回廻しを九回廻しに変更しろ」と指示が入ってきた。こういう忙しい日や舞台稽古の日などには、いつもさぼって飲んだくれて進行部屋や楽屋裏などには姿を見せたことのない舞台監督が忽然と現われ、どこをどうカットしていいのかわからずうろうろしているぼくらを横目で眺め、「ふん、やっぱりいざというときにはおれがいないとどうにもなりゃしねぇ、おい、おれがカットしてやるから香盤表をかしてみな」などというのが常だったが、もうぼくはうろうろしてはいなかった。「おい、カットはどうした？　早く決めて早く楽屋に通さなくちゃぁ幕があかねぇだろ」と舞台監督がいい出すころはもうちゃんとカットが楽屋に通ってしまっている。「へえ、そいつは手廻しのいいことだ。でもよ、早いからいいってもんじゃねぇぞ。どうせどじなカットをしたにちがいねぇんだ。どこをどう細工したのかいってみな」

舞台監督はぼくのカットを聞き、なにもいわずに楽屋口をくぐって正月の浅草の雑踏の中に消えてしまった。

こうしてぼくはマリアさんのおかげで一躍〈有能な進行さん〉という評判を得たのだが、たったひとり、R・ダイアナという若い踊子がぼくのカットに文句をつけてきた。

「なぜ、わたしのソロがカットになって、メリー杉町のソロがカットにならなかったのさ」

R・ダイアナはメリー杉町とほとんど同時にこの劇場にデビューした。R・ダイアナはバレリーナからの転向者で、メリー杉町はサーカスでアクロバットをやっていた。だから二人とも踊りはうまかった。その出身のせいか、R・ダイアナの踊りはなんとなく高ッ調子で芸術くさかった。浅草で芸術くさいということはインチキくさいということでもあり、彼女が与えられた振付にバレエのテクニックを添加して、舞台の上を縦横に踊り廻るのを見ていると、なんだかこっちの尻がむず痒くなってくるのだった。「ああ動き廻られたんじゃお客さんも目が疲れてたいへんだろう。R・ダイアナは美人だし、躰もいいのだから、それをじっくりとお客さんに見せればいいのに」これが楽屋のR・ダイアナ評だった。

一方のメリー杉町は小肥りの色白な踊子で、これは客席に一番近いところでゆっくりと両脚の間からその丸い愛嬌のある顔を突き出してにっこりしてみたり、仰向けになって臍で天井を仰ぎ手足で充実した躰を支えながら舞台の上をのそのそと散歩してまわったり、やることは旅廻りのサーカス団直伝の泥臭いものだったが、それが浅草によく馴染み、かなりの客が彼女を目当てにやってきていた。

R・ダイアナのところへは、おそらくいつか、丸の内のヌード劇場から引き抜きの手がのびるだろう。メリー杉町は一生浅草で踊ることになるだろう。長い目で見ればR・ダイアナの方が出世はするかも知れない。しかし、浅草ではメリー杉町の方に値打がある――むろんこんなことはダイアナにいえない。ぼくは黙ってダイアナの臍のあたりを見つめていた。

「どうしたのよ。なぜ黙っているのさ。これにはかならず理由はあるはずだわ。それを聞かないうちは、わたしゃ舞台には出ませんよ」

ダイアナはかなり腹を立てているらしく、恰好のいい臍がせわしくぼくに近づき、また遠ざかり、その繰返し――

「ぼくは進行係です」

「わかってるわよ、そんなこと」

「舞台に関してのすべての責任はぼくにあります」

「それがどうしたのさ」

「だから権限も持たせられています」

「へん、それで?」

「その権限でダイアナさんのソロをカットしたんです」

「カットしたことをあれこれいってんじゃないよ、馬鹿進行！　なぜ、あたしのソロがカットになってメリー杉町のが生きたのか、その理由を聞いてるんだ」

ダイアナは下町ッ子だったから、口が悪いのだった。実家は浅草橋の魚屋で、ぽんぽん威勢よく剣突(けんつく)をくわしてくるのは、家業のせいもあるのかも知れない。ダイアナを引き抜いてきたのは支配人の奥さんだそうだ。支配人の奥さんは私設のストリッパーの引き抜き師を兼ねていて、よくあっちこっちの銭湯へ遠征し、湯気を通して若い女の子の躰の品定めをし、これはと思う素材にぶっつかると、一緒に銭湯を出て後をつけ、家をたしかめて、支配人に報告するわけだ。支配人が菓子折をぶら下げて、魚屋を訪ねると、最初に応対したのが母親で、「ストリッパーなんてとんでもない」と剣もほろろの挨拶。ところがそこへ父親が帰ってきてこういったそうだ。「おれがいままでストリップに注ぎ込んだ金を娘に取り戻してもらおうじゃねぇか」

「さア、理由はいったい何なのさ。わたしね、昨夜、家へ帰ってから、父にさんざんごねられて往生したんだ。父はさ、この劇場でうちの娘がソロを踊っているから見ていこうじゃないかってね、遊び友達を引き連れてのぞきに来たのさ。ところがあたしのソロはカットだ。父としては面目まるつぶれさ。なにも、父にソロを見てもらえなかったのが口惜しいっていってるんじゃないんだ。メリー杉町よりわたしの方がランクが下なのはどういう理由によるのか、それを聞いているんだ」

「わたしにもすこしは責任があるかもしれないわ、ダイアナちゃん」

いつの間にかマリアさんが傍に立っていた。

「メリー杉町のソロの方を生かしなさい、と進行さんに智恵をつけたのはわたしなんだから

――」

「へえ、黒幕は仕出し屋のおばさんだったの。じゃ、あんたに聞くわ。メリー杉町よりわたし

の方が踊りが下手？　御面相もいただけない？　躰もよくない？」

「そういうことではないの」

「じゃどういうことさ」

「あなたの踊りは浅草村には向かないのよ。東京都向けね、どっちかっていうと――」

ダイアナはしばらくぽかんとしていたが、やがてふんと鼻を鳴らしてぼくらに浅黒い尻を向け、その尻をぐいぐいと左右に激しく振りながら行ってしまった。

「すみません、マリアさん」とぼくは母親の後にかくれて小さくなっている女の子に、劇場へ来る途中で買って来たチョコレートを差出しながらいった。「ぼくが何かうまいことといって逃げていれば、マリアさんが憎まれ役にならずにすんだのに――」

「いいのよ、別に。こういうことはよくあることよ。わたしだって六、七年前はいまのダイアナちゃんと同じことといってみんなを困らせていたものだったわ。そのころは、いまここのトップのヘレン天津ちゃんとわたしがライバルで張り合っててね、相手の衣裳が自分より一寸でもよければすぐ〝ちょっと進行さん〟、羽根が一本多くても〝ちょっと進行さん〟、ソロのときの背景につく豆電球の数が相手より少ないといっては〝ちょっと進行さん〟、――あの人にずいぶん喰ってかかったものだった」

「あの人？　あの人っていうと？」

「ほら、緞帳の上げ下げの名人だったあの名進行さん――あの人のこと」

マリアさんは、女の子を引き寄せながら、どこか遠いところを見るような目になった。

この一件以来、ダイアナはマリアさんに辛くあたりはじめた。

マリアさんに弁当を註文しておいて、弁当が届くころになると、別の洋食屋から取り寄せたかにコロッケなどをぱくつきながら、「あら、ごめんなさい。マリアさんに註文してたの忘れていたわ」としゃあしゃあしていたり、マリアさんの弁当をさもまずそうにたべてみせたり、一箸手をつけてぽいと放りだしてみたり、マリアさんの通るのを見計らって聞えよがしに「あのおばさんの弁当の味つけはどうしたって浅草村って感じさ。田舎くさいのよ。そこへ行くと洋食のセントルイスの味は東京都民向けよ」などというのだった。マリアさんはそのたびに淋しそうに微かに笑うだけで、なにもいわなかった。

ところで、ぼくはその頃、若い裏方たちと劇場に組合を結成しようとして、その準備に夢中になっていた。なにしろ、劇場の男たちの給料が安すぎた。進行係は何年勤めても本給が三千円だった。新しい演目の準備のために一カ月に五日か一週間、徹夜をしなければならなかったが、その手当を加えても五千円にならない。いくら十数年前のこととはいえ、これは安すぎた。家庭教師をしても生徒を二人もかけもちすればそれぐらいは稼ぐことが出来た。もっとも安いのは覚悟の上だったし、若い裏方たちは芝居の世界で働くことを粋なことだと考えていたから、親の脛を噛ったり、浅草の喫茶店の女の子と同棲して生活費は女の子に見てもらったりして、どうやらこうやら喰いつないでいた。劇場の従業員証をちらつかせるだけで浅草のあらゆる映画館は木戸御免で出入りできたし、バーやキャバレーは五割も安くしてくれた。喫茶店へ入れば女の子たちが熱っぽい目でじーっと見る。しかも踊子たちに「お兄さん」と親しげにそして甘ったるく呼ばれ、しかも、どんな駄法螺を吹いても劇場では、まじめに聞いてくれる人がいっぱいいるのだから、山ッ気と色気をもて余す青年にとって、こんな住みよい場所はないといってよかった。少々、安くこき使われても文句はいえなかった。

だが、どうしても我慢のできないことがほかにいくつかあった。たとえば劇場の社長は野球狂で軟式チームのオーナーだった。このチームはかなり強く、国体へ東京都代表として何度も出場していたが、社長の趣味でやる野球チームの選手の方が、ぼくらよりはるかにいい給料を貰っているのだった。

「劇場が本業なら、趣味の方へ使う金をほんのすこし廻してもらって、裏方の給料をせめて一律千円ぐらい値上げしてくれてもいいと思いますが……」

ぼくらは一度支配人にこう掛け合ったことがある。支配人は総金歯をにゅっと剝き出してへらへらと笑った。

「じつはわしも社長にそう進言したことがあるんだよ」

「社長はどういっていました？」

「うむ、気を悪くしないで聞いてもらいたいのだがね、社長はこういっとられたね。『裏方は新聞に三行広告を出せばすぐにでも何百人と集まる。だが、素質のある野球選手はそうは集まらんからね』」

　我慢のならぬことの第二は、余計なことだが、踊子とコメディアンとの給料の格差であった。コメディアンたちはせいぜい七千円から九千円どまりであるのに引きかえ、トップクラスの踊子なら十万前後、昨日入った新米の踊子でさえ二、三万は楽に稼いでいるはずだった。ストリップ劇場なのだからストリッパーが最もよい扱いを受けるのは当然だが、しかし、大の男が汗水たらして客を笑わせてもらう金が主婦の内職収入程度というのはあまりにもひどいのではないか。

　これについての支配人の見解は、

「女の盛りは短いのだよ、きみ。それに反してコメディアン諸君の前途は洋々としている。ここで苦しい辛い修業をする、だからこそ、みんな一流の喜劇役者になれるのだ。そう、こうもいえるだろう。コメディアンにとってここは学校なのだ。いわばここはコメディアンの東大なのだ。授業料を払わないですむだけでもいいとしなければいかんねぇ」

　というのだから、まるではなしにならない。

　我慢のならぬことの第三は、健康保険のないことだった。

「それはだね、きみ」と支配人はぼくらにいった。「こういうところで働いている人たちは尻が軽いというのかなんというのか、すぐ辞めていってしまうから、事務が煩瑣になってどうにもならん。だから——」

「しかし、支配人、それはすこしおかしいんじゃないでしょうか。健康保険法に定めるところによれば……」とぼくは学校の図書館で調べてきたメモを読みあげた。「五人以上の従業員を使用する事業所や法人に働くものは自動的に加入を強制される——となっていますよ。つまり、ぼくらの方で加入しないとがんばっても、いや加入しなくてはいけないとおっしゃってくださるのが支配人の立場じゃないでしょうか」

支配人の金歯と目がきらりと光った。

「あんたたちはアカかね？　アカはいかんよ」

社長は渋谷と錦糸町にも一軒ずつストリップの小屋を所有していた。ぼくらはこれらの姉妹劇場の若い裏方たちにも声を掛けた。準備はすこしずつ整っていった。

二月はじめのある夜。空の重箱を集めにやってきたマリアさんが、進行部屋の周辺にちらと鋭く目配りしてから、ぼくの耳に囁いた。

「いま、照明さんとこで小耳にはさんだのだけど、組合を作ろうとしているってほんとう？」

マリアさんの吐く熱い息が軽くぼくの耳朶(じだ)を打った。ぼくは擽ったいような、やるせないような気分になって首を竦(すく)めた。

「もし、それがほんとうだったら、よした方がいいわ」

「どうしてですか？」

「ここには組合はできないわよ。そういうところなのよ、ここは——」

「覚悟はしてますよ」

とぼくはいい、マリアさんの後にかくれていた女の子を膝に抱きあげた。女の子はもうだいぶぼくに慣れていたので、ぼくの膝の上から大人しく舞台のショーを見ていた。R・ダイアナが相変らず自由闊達に舞台の上を漫歩していた。

「ちゃんと覚悟はできています。マリアさんは、踊子、コメディアン、そして裏方の、この三つのまるで条件のちがう人間の集まりをひとつにまとめることができるか、疑問だというんでしょう？ 難しいだろうけどやってみますよ」

「そうじゃないんだなぁ」

マリアさんは躰でいやいやをいうようにして全身をねじった。

「ちがうのよ。わたしのいっていることはべつのことなんだけど——いいわ、こうしましょう。進行さん、今夜、ここがはねたらわたしのアパートに寄ってちょうだい。そのとき、教えてあげるわ」

マリアさんはぼくの膝から女の子を抱き上げて右手でかかえ、左手で空重箱の包みを持ち、じゃあ、あとで。きっとよ、といった。そのとき、踊り終えて舞台から下ってきたダイアナがぼくらのそばを通りかかり、「いよっ、御両人」と冷やかして行った。

ガラス湯の裏手の木造アパートのマリアさんの部屋を訪ねたのはかなり遅かった。組合の規約草案を仲間と喫茶店で作っていたのだが、それが意外に手間取ってしまったのである。というのはじつは表向きの理由で、心のどこかで、出来るだけ夜遅く訪ねたほうが、なにかいいことが起る率が多いのではないかという好色な算盤をはじいていたことは否定できない。

部屋の鍵はかかってはいず、押したらすーっと開いた。コンクリートの靴ぬぎからすぐ左にトイレがあり、右手は三帖ほどの台所になっていた。ガス台が四つほど並び、大きな釜や鍋がかかっているところは仕出し屋さんらしかった。奥に六帖ほどの部屋があった。

靴を脱がずに「おそくなっちゃって」と声をかけるとマリアさんの顔が横から覗いた。

「どうぞ。鍵を下ろしてから上って来てちょうだい」

いわれた通りにして入って行くと、部屋の中央に置いた炬燵にマリアさんが入っていて、広袖の半天の襟に頤を埋めたまま、わたしに目で挨拶した。

炬燵の上に酒の用意がしてあり、銚子が一本ひっくりかえっている。

「お酒をのんでいたの」

マリアさんは銚子を振って、

「燗冷ましになっちゃったけど、どう？」

とぼくに酒をすすめた。あちこちで犬の声、小走りに横の路地を抜ける下駄の音、時折、こんかーんと固い音がするのはガラス湯の洗い場の木桶だろう。こんな乙な雰囲気で酒をのむのは初めてなので、思わず緊張して酒に噎せ返った。照れかくしにまわりを見まわすと窓際に小机があり、だれかの写真が向うをむけて立てかけてあった。小机のそばに布団が敷いてあり、女の子が軽い寝息を立てていた。

「あの写真は？」

「この子の父親よ。そして、わたしの大切なひと――」

「見ていいですか？」

「あなたがくるから向うをむかせたのに」

この意味がとっさにはわかりかねた。大切な人に向うをむかせたということは、その人よりもぼくの方がもっと大切だという意味なのか。それとも、やっぱり向うが大切でぼく如きの目に触れさせないためにそうしたのか。いくら考えてもわからないので、とにかく手を伸ばして写真をこっちへ向けた。

それは素人の手になるスナップ写真で、長髪の若い男が笑っていた。濶達な印象である。天下の春を一手に引き受けたような陽気さがあった。背景の建物には見憶えがあったが、よく見るとそれも道理で、それはぼくらの劇場の正面だった。

「その人もあの劇場の進行さんだったわ」

ぼくにもぴんときた。

「この人が緞帳上げ下げの名人だったんだな」

「そうなの」

「で、この人はいまどうしているんです？」

「──死んでしまったわ」

写真から受ける陽気で濶達な印象と死という言葉がなかなか結びつかない。

「殺されたといったほうがいいかもしれない」

「なにか──病気で、ですか？」

「喧嘩よ、表向きは。殴られどころが悪かった。はずみで──ということだったけど、ほんとうはやくざ三、四人に袋叩きにされたのよ。観音様の境内でやられて、ここへなんとかして戻ろうとしたらしいのだけれど、途中でとうとう力が尽きたのね──」

「なぜ、やくざに──？」

「組合よ。あの人もあなたと同じことをしようとしてたのよ。馬道の小料理屋で、組合結成準備委員会の発会の集まりがあって、その帰り道にやられちゃったんだわ」

「すると、支配人や社長が？」

「そのへんのことはよくわからない。なんにも証拠はないんだから。とにかく、進行さん、組合さわぎはよしたほうがいいわ」

「しかし、まさか──」

「喧嘩の相手になったというチンピラが名乗り出て、そいつはたしか五年の懲役になったはずだけど、それですべてはおしまい」

酒の香が部屋の中に溢れた。火鉢の鉄瓶の中で銚子がぐらぐら煮立っていた。

「あ、いけない」

マリアさんは半天の袖を使って銚子を引揚げた。

「わたしはそのとき、おなかにあの子をかかえていた。三カ月だったかな。それで、あの人のやりのこしたことやりとげようと思った。踊子たちを説き伏せて、組合結成の一歩手前まで行ったわ。踊子がまとまれば、これは強いわよ。だから必ずうまく行くと思ったんだ」

「——また何か起ったんですか？」

マリアさんは立ち上ってするすると帯を解いた。そして「何が起ったか見せてあげようか」といい、着物を肩からするりと脱ぎ、ほんの僅かの間ためらってから、着物を下へ脱ぎ落した。

マリアさんはすこし肥っていた。首から肩にかけて、それから腰骨のまわりに、余分な脂肪がついていた。乳房は大きくやや下に向き、乳首は真ッ直ぐにぼくを睨みおろしている。三十過ぎの女体にしてはほぼ完璧な美しさだといってよかった、ただひとつ下腹部の横一文字、長さ二十センチほどの引きつった赤黒い傷痕を除いては。

マリアさんは指先で傷痕をゆっくりと撫でながら、「真ッ昼間、楽屋に酒に酔ったチンピラが飛び込んできて、短刀でここを斬ったんだよ。『おれと夫婦の約束をしときながら他の男と寝やがったな』なんて怒鳴りながらね。もちろん、痴情のもつれによる刃傷沙汰を装ったってわけでしょ。そいつも捕まって刑務所へ入れられちゃったけど——。この騒ぎも結局はただの傷害事件でちょん」

マリアさんは横向きにしゃがみ、着物を肩に羽織って炬燵に躰を滑りこませながらいった。

「これでわたしが何故踊らないかわかったでしょう?」

ぼくは思いもかけなかった打明け話と彼女の下腹部の傷痕に心を奪われてしまっていて口がきけず、ただ頷いているばかりだった。


しかし、計画はどんどん進捗していった。ぼくは結成準備委員会の委員長かなんかに祭りあげられ、もうひっこみもなにもつかなくなってしまっていた。急に弱腰になって卑怯者呼ばわりされるのも気に入らなかったし、それに、ひょっとするとマリアさんの打明け話だって不正確かもしれない、という気もすこしはしていた。彼女の恋人はやはり地回りのチンピラと喧嘩しただけだったのかもしれないのだ。彼女を斬った若者は頭のおかしい色情狂に過ぎなかったのかもしれない。

二月もなかばすぎのある日、進行部屋を通りかかったマリアさんが、ふと足をとめてぼくを見つめ、こういった。

「進行さん。あなたはやっぱりやる気らしいわね。今夜が準備委員会の旗上げなんだって?」

「だれから聞いたんです?」

「照明さん」

「ちぇっ、あのおしゃべりめ」

「場所はどこ？」

「それを云っちゃうとぼくもおしゃべりになっちゃうな。でも、相手がマリアさんじゃしようがないや。区役所通りのイーグル。九時半」

ふーんと頷いてから、マリアさんは楽屋の方へ歩いていったが、その足どりはまるで覚束ないように思われた。

騒ぎが起ったのはそのすぐあとである。二階の楽屋で二言、三言罵り合う声がしたと思うと、ダイアナの大きな乳房を右手で摑んだマリアさんが階段を音高く軋めかして降りてきた。左手には差し渡しが五十センチほどもある大きな毛の白扇を持っていた。マリアさんが乳房をぐいぐい引っぱるのでダイアナはそのたびにヒイヒイ喚いた。

「大きな声を出されちゃ困るな。緞帳が上っているんだから」

ぼくがいうとマリアさんは意外にも平静で、顔は笑っていた。

「この女があんまり生意気なことをいうから、ひとつ結着をつけようと思うのよ」

ヘレン天津が泣きじゃくっている女の子を抱きながらついて来ていたが、

「そうさ。マリアちゃん、本当のストリップってどういうもんか見せておあげよ」

と加勢した。

「どういうことですか、こりゃあ？」

「この女がね、註文した弁当をいまになって取り消すっていやがらせをいうの」

「そこでマリアちゃんが、毎度そんなことをされてはこっちも商売だから困るわ、とこういったわけよ」ヘレン天津が証言した。「そしたら、ダイアナが、へんなんて鼻を鳴らしてさ、客に厭味をいうなんてすこし思い上っているんじゃないのかい、とこう言い返した。昔はここのトップだったかなにだったかしらないけどわたしはお客だよ、切腹ばらして大きな口を叩くんじゃないよ」

「それを聞いてついかっとなっちゃった。腹に大きな傷があったっておまえさんになんかまだ負けやしない。いっしょに踊って客の拍手で結着をつけようじゃないか——そういうわけよ。進行さん、わたしを飛入りで踊らせたってことはあなたの責任になるけれど、いいかしら？」

「いいに決まってるよ」

騒ぎをきいてやって来ていた大道具さんや照明さんたちがいった。

「進行さん、マリアちゃんに踊らせてやんなよ」

「マリアちゃん、好きに踊っていいぜ。照明はかならずマリアちゃんを追っかけてみせるから」

照明さんはマリアさんの肩をぽんと叩いて照明室へ戻っていった。ぼくはダイアナに訊いた。

「あんたはどうする？　次の景はあんたの持ち景だ。あんたがどうしても厭なら断わってもいいんだ」

「わたしはいいわ」とダイアナは進行部屋の鏡で髪を直しながらいった。「往年の大スターの踊りをとっくりと拝見するわ」

しかし、ぼくはマリアさんの下腹部の大きな傷痕を気にしていた。盲腸手術の疵痕でさえ客は白けるのに、あんな大きな傷痕を見せたのでは「引っこめ！」と声がかかるのが落ちだろう。

「なんとかなるわよ、進行さん。ヘレンちゃんに白扇を貸してもらったから――」

マリアさんの下腹部を見ながら思案しているぼくに、それと察してマリアさんが囁いた。

「――これでなんとか、ぼろをかくしてみるわ」

「よし。では、進行が責任を持ちます。思う存分やってみてください」

二分後、頼りのないトランペットのソロでセレソローサのイントロが始まったが、トランペット吹きは一小節もやらないうちにひどく音程を外した。いつもならダイアナがひとりで下手から出るはずなのに、上手からも踊子が出て、しかもその踊子が仕出し屋のマリアなので驚いたらしかった。

客席から「マリアッ！」と声がかかった。「久しぶりのマリアッ！」きっと昔からの常連なのだろう。

マリアさんは下腹部と股間を白扇で覆っているだけで、出たときから一糸もまとっていなかった。彼女は舞台中央へ出るとそこから他へは余り移動せず、あとはあくまで下腹部の傷痕を隠しながら、横を向き、背を見せ、坐り、寝そべり、横臥し、転々し、かがみ、正座し、あぐらをかき、立て膝をし、俯(うつむ)き、微笑み、悶えてみせ、秋波(しゅうは)を送り、憂いに沈んでみせた。

勝負はもう始めたときに終っていた。扇ひとつが楯(たて)でほかに身を守るものを何も持たぬ熟(う)れた女に男たちの視線が集まるのは当然だった。ダイアナは活潑に舞台を歩き廻ったが、ほとんどの声援と拍手はマリアさんに送られていた。そして、マリアさんは最後まで下腹部の傷痕を客に気付かせなかったのだった。

その景が暗転になり、マリアさんが進行部屋に凱旋して来たとき、事務所と直通の電話が鳴った。ぼくはマリアさんに「よかったね」と目配せをしながら、受話器を耳に当てたが、支配人が「いまの踊りはなんだ、馬鹿者！　マリアの踊りがよかったとかわるかったとかいっているんじゃない。浅草ではな、下ツンなしで舞台に踊子を出すと、責任者は公然猥褻を強制したということになって留置場行きだ」と怒鳴るのを聞いて蒼くなった。

「でも——」とぼくは弱々しく抗弁した。「警察に見つからなかったらいいんじゃないでしょうか」

「今日は何曜日だと思っているんだ。木曜だぞ！　二月は木曜日が警官の見える日になっているのを忘れたのか。ちょっと事務所まで来い」

警官の見える日——などと改まったいい方をしたところを見ると、もう事務所には警官が待っているらしかった。

結局、ぼくは事務所からそのまま観音様の裏の浅草警察署へ連行され、留置場に三日間、叩き込まれることになったのだが、あくる日の午前、マリアさんがコロッケ弁当を差し入れにやって来た。

「どう、居心地は？」とマリアさんが訊いた。

「いいわけはありませんよ」とぼくはすこしむっとして答えた。「下ツングらいはいて出てくれればよかったのに。そりゃぁ、ダイアナに負けたくないというマリアさんの気持もわからないではないけどさ」

するとマリアさんは微かに笑って、「ダイアナちゃんとあんなこととしたのは、楽屋口を入るとき、私服がモギリを通って行くのを見たからなの」といった。「下ツンなしで舞台に出れば、いままでの例で行けば進行さんがつかまる。それにはなんとか、口実をつくって舞台に出なくちゃならなかった」

ぼくはあのときのマリアさんが意外に平静だったのを思い出した。

「しかし、なぜぼくを留置場に入れようとしたの？」

「——昨夜十一時ごろ、区役所通りのイーグルから出て来た客数人がやくざに喧嘩を売られ、客はかなりひどくやられたらしいわ。わたしは——あなただけにはそういう目にあってほしくないと思ったの」

面会時間が終ったことを告げるために警官がぼくらに近づいた。ぼくはぼくのマリア様にいった。

「——マリアさん、ここを出たら、ぼくはすぐマリアさんのアパートへ行くよ」

「待っているわ」とマリアさんがいった。「もし留守だったら、牛乳受けのなかを見て。鍵が入っているわ」

〔1972（昭和47）年2月「オール讀物」初出〕

P+D BOOKS ラインアップ

白い手袋の秘密	瀬戸内晴美	●「女子大生・曲愛玲」を含むデビュー作品集
耳学問・尋三の春	木山捷平	●ユーモアと詩情に満ちた佳品13篇を収録
青春放浪	檀一雄	●小説家になる前の青春自伝放浪記
風祭	八木義德	●肉親との愛憎の葛藤の歳月を紡ぐ連作集
女のいる自画像	川崎長太郎	●私小説作家が語る様々な女たちとの交情
イサムよりよろしく	井上ひさし	●戦時下の市井の人々の暮らしを日記風に綴る

P+D BOOKS ラインアップ

草を褥に 小説 牧野富太郎	大原富枝	●植物学者牧野富太郎と妻寿衛子の足跡を描く
小説 新子	時実新子	●情念川柳の作り手・時実新子の半生記
青玉獅子香炉	陳 舜臣	●自作の玉器を探し求める工芸師の執念を描く
貝がらと海の音	庄野潤三	●金婚式間近の老夫婦の穏やかな日々を描く
せきれい	庄野潤三	●〝夫婦の晩年シリーズ〟第三弾作品
庭のつるばら	庄野潤三	●当たり前にある日常の情景を丁寧に描く

P+D BOOKS ラインアップ

お守り・軍国歌謡集　山川方夫　●「短編の名手」が都会的作風で描く11編

天上の花・蕁麻の家　萩原葉子　●萩原朔太郎の娘が描く鮮烈なる代表作2篇

父・萩原朔太郎　萩原葉子　●没後80年。娘が語る不世出の詩人の真実

筏　外村繁　●江戸末期に活躍する近江商人たちを描く

但馬太郎治伝　獅子文六　●国際的大パトロンの生涯と私との因縁を描く

無妙記　深澤七郎　●ニヒルに浮世を見つめる筆者珠玉の短編集

P+D BOOKS ラインアップ

魔法のランプ	澁澤龍彥	●澁澤龍彥が晩年に綴ったエッセイ29編を収録
悪魔のいる文学史	澁澤龍彥	●澁澤龍彥が埋もれた異才を発掘する文学史
ベトナム報道	日野啓三	●一人の特派員は戦地で〝何〟を見たのか
夜風の縺れ	色川武大	●単行本未収録の39編と未発表の「日記」収録
神坂四郎の犯罪	石川達三	●犯罪を通して人間のエゴをつく心理社会劇
天の歌　小説　都はるみ	中上健次	●現代の歌姫に捧げられた半生記的実名小説

（お断り）

本書は1974年に文藝春秋より発刊された単行本を底本としております。あきらかに間違いと思われるものについては訂正いたしましたが、基本的には底本にしたがっております。また、一部の固有名詞や難読漢字には編集部で振り仮名を振っています。

本文中には乞食、看護婦、混血児、トルコ風呂、吃る、香具師、テキ屋、業病、女事務員、ノミ屋、色情狂などの言葉や人種・身分・職業・身体等に関する表現で、現在からみれば、不当、不適切と思われる箇所がありますが、著者に差別的意図のないこと、時代背景と作品価値とを鑑み、著者が故人でもあるため、原文のままにしております。差別や侮蔑の助長、温存を意図するものでないことをご理解ください。

井上 ひさし（いのうえ ひさし）
1934（昭和９）年11月16日―2010（平成22）年４月９日、享年75。山形県出身。1972年『手鎖心中』で第67回直木賞受賞。代表作に『吉里吉里人』『シャンハイムーン』など。

P+D BOOKS とは

P+D BOOKS（ピー プラス ディー ブックス）とは
P+Dとはペーパーバックとデジタルの略称です。
後世に受け継がれるべき名作でありながら、現在入手困難となっている作品を、
B6判ペーパーバック書籍と電子書籍を、同時かつ同価格で発売・発信する、
小学館のまったく新しいスタイルのブックレーベルです。

イサムよりよろしく

2023年7月18日　初版第1刷発行
2023年9月27日　第2刷発行

著者　井上ひさし
発行人　石川和男
発行所　株式会社　小学館
〒101-8001
東京都千代田区一ツ橋2-3-1
電話　編集　03-3230-9355
　　　販売　03-5281-3555
印刷所　大日本印刷株式会社
製本所　大日本印刷株式会社
装丁　おおうちおさむ　山田彩純
（ナノナノグラフィックス）

ISBN978-4-09-352468-1

P+D BOOKS